世界頂尖的暗殺者轉生為異世界貴族 5

The world's best assassin, To reincarnate in a different world aristocrat

月夜涙

畫 れい亜

Kadokawa Fantastic Novels

彩頁、內文插畫／れい亜

Prologue

序章　暗殺者待客

The world's best assassin, to reincarnate in a different world aristocrat

我們在打倒魔族萊歐寇爾以後，與入魔的諾伊修分開了。

我相信將來會有辦法跟諾伊修和解，更決定採取行動拯救他，而非單純盲信。

後來，我把討伐萊歐寇爾的要點簡略做過整理，趕忙結案後就將資料交給了妮曼的部下。

畢竟他們能力優秀，這樣就夠了。我想他們會幫忙補齊資料再將報告提交給王國。

接下來……

「哇啊，風吹起來果然好舒服！」

蒂雅按著隨風飄逸的頭髮，眼睛隨之發亮。

我操作以土魔法打造的滑翔翼曳空而過，並且施展風魔法來修正軌道及加速。

目的地當然是圖哈德領。

滑翔翼是兩人共乘，由我操控，蒂雅則被穩穩地繫於定位。

我們正在享受天空之旅。

滑翔翼屬於效益良好的移動手段。

有一段時期，我也認真考慮過是否要製作汽機車之類的交通工具，用魔法搭配我的知識就能達成。

然而，缺乏修築的道路並無法供車輛順暢行駛發揮其性能，所以我選了滑翔翼。

御風行天不僅方便，心情更是爽快。

『嗚嗚嗚，好狡猾喲。我也想跟盧各大人一起飛。』

『妮曼小姐，請別這麼說。因為我也會跟著感到難過。』

掛在耳邊的對講機傳來妮曼和塔兒朵說話的聲音。

我造了兩架滑翔翼，另一架是由塔兒朵操控，妮曼伴飛。

若改成四人共乘的款式就顯得大而無當，再說四個人排在一起無論如何都會對空氣動力造成負面影響，因此我採用了兩架雙人滑翔翼。

像日前那樣設置大規模風罩的話，要四人共乘勉強可行，不過那樣在魔力消耗方面效益欠佳，不適合長距離飛行。

結果就是由能夠使用風屬性的我和塔兒朵操控滑翔翼，我再抱著蒂雅，然後塔兒朵抱著妮曼成行。

「話說回來，沒想到塔兒朵這麼快就學會怎麼駕馭了。」

『意外簡單呢！』

『我也想操縱看看喲。』

「是嗎？妮曼，妳可以等我們抵達圖哈德領再試著操縱看看。即使用不了風魔法，光是滑翔也會有樂趣。」

『我必要一試！』

「啊啊，好許喔。我也要試！我覺得就算不用風魔法，還是有其他方式可以加速。飛行需要的是推進力嘛。」

「蒂雅，妳該不會想用爆破魔法吧？」

蒂雅具備火與土兩種屬性，對她來說，最容易取得推進力的方式是施展爆破魔法。那樣大概可以得到足夠的推進力，但是機體會承受不住。

「啊哈哈哈，我不可能那麼做啦。有更好的方式！」

「麻煩事先告訴我，我實在是怕了。」

「了解，因為這有關於科學及物理嘛。不找盧各商量，我也會擔心啊。」

蒂雅是個天才，說不定她能用魔法造出仿效噴射引擎的結構。

「情況不妙，天氣正在轉壞。」

滑翔翼開始搖晃了。風勢有稍微變強，風向也變得不規律。

「塔兒朵，不要緊嗎？」

『是，雖然感覺有點恐怖，我依舊能飛。有什麼狀況的話，我會立刻求助。』

「拜託妳了。」

單純飛直線也就罷了，在壞天氣飛行會讓人提心吊膽。

『盧各少爺，我們從剛才就在用的對講機好方便喔。這也是魔法嗎？』

從方才到現在，我們能隔著滑翔翼交談都是靠無線對講機。

在這種強風當中，不用這類道具便無法將聲音傳到。

「這支對講機有用到魔法，但它是科學的產物。」

製作無線對講機所需的知識約為中學物理課程度。能像我這樣用土魔法創造材料，再施予高精度的加工就可以輕易完成。

不過，即使說東西做得出來，用法仍有諸多限制，性能並不高。若設計成可以隨身攜帶的尺寸，通訊距離便只有一百公尺左右。

有必要加以改良。

話雖如此，在這個通訊方式仍處於原始階段的世界，擁有對講機將成為一大優勢，這亦屬事實。

將情報傳遞得既精確又快，在這個世界是相當寶貴的。

比方說，將這項技術運用到軍事方面。

軍隊於作戰之際會用傳令兵來交流情報。情資經多手傳播，精確度就低，要將信息帶到更是費時，其間狀況仍時時刻刻在改變。

何況傳令兵也不保證能平安抵達，情資甚至有可能被奪走。

相較之下，無線對講機占盡了便宜。

能即時且確實地將信息送到。在情報傳遞的速度與精度有這等差距，縱使戰力相差一倍也可以讓戰局翻盤。

光是擁有無線電通訊這項技術，應該就足以改變戰爭的面貌。

『科學……聽起來真是十分美好呢。之前跟盧各大人許諾的約定，在在令我懷怨於心。明明若有那項技術，人類就能再推進一步。』

正如我所料，妮曼在無線電裡顯得大有興趣。

妮曼跟我已經約法三章，在同行期間獲得的知識與技術，她都不能轉作他用。

畢竟她看得出無線電在軍事、經貿流通方面有何價值，也明白這是足以改變世界的技術，自然更心癢難耐吧。

「這同樣屬於不容公開的技術……因為我信任妳，才會秀出這一手。希望妳別忘記這點。」

『當然嘍。我還想跟盧各大人在一起，所以呢，我是不會自討沒趣的。』

她的話裡有肉麻，也有恐怖之處。

不過，我對妮曼有一定程度的信任，否則我就不會在非緊急情況讓她見識無線電。

「塔兒朵，小心，強風要來了！」

『好的……呀！吹來了。』

從側面颳起了一陣驚人的勁風。滑翔翼嘎吱作響，並且失去平衡，使得我們一行人逐步螺旋下墜。

滑翔翼承受這麼強的風仍沒有折毀，全是靠風勢一旦足以讓翼身折斷就會自行彎曲減輕負荷的結構設計。

不過，這種設計正導致我們處於螺旋下墜的窘境……

「呀啊啊啊啊啊啊啊！」

蒂雅放聲尖叫。

她應該嚇壞了吧。

當滑翔翼螺旋下墜時，最棘手的問題就是陷入恐慌，在無法分辨上下的狀況會讓人極度不安。

因為我們仍有足夠的高度，等下墜速度趨緩，掌握清楚狀況後再將翼身拉正才是首善之策。平時任誰都會察覺這一點。

然而飛行者陷入恐慌的話，就會沒頭沒腦地妄動，令事態無可挽救。

滑翔翼停止打轉後，我確認上下。將翼身拉回平衡，再次滑翔。

我放眼尋找塔兒朵她們。

塔兒朵在前方。她並未陷入恐慌，還採取了正確的措施。

「哦。」

竟然第一次長距離飛行就能冷靜因應突發狀況。

塔兒朵是靠努力來彌補天分。

面對可以想見的事態，預先準備好對策便能迎刃而解。感覺塔兒朵正是因為這樣才四平八穩。

然而，反過來講就是臨場應變能力低落。

塔兒朵有對未知事物、預料外的狀況不夠機靈的弱點。

但是，她當場像這樣應對了第一次遇到的突發狀況。

應該是種種努力讓她打好基礎，帶來了這樣的成果。

勤勉習得的各項技術促使塔兒朵成長，進而建立起她的根底。

……真虧塔兒朵能有這麼大的進步，往後更要借重她的能力了。

我和塔兒朵御風而上，一舉拉回跌落的高度。

「虧妳應付得來。」

『是的，因為少爺有鍛鍊過我啊！』

答得好。

「按照這種步調，圖哈德領很快就到了。再加把勁。」

『我當然會的。』

慣性飛行應該可以到此截止了。
我呼風加速到塔兒朵前方，示意要她跟上。
速度與先前無法比擬。
接下來是應用課程。
憑塔兒朵現在的實力，用這種速度飛也不成問題吧。

◇

兩架滑翔翼在屋邸的庭院一塊著陸。
「嗯～～空中之旅果然舒服！感覺會上癮呢。」
「蒂雅小姐，我飛得有點累了耶。不過，一路上好愉快喔。」
「……滑翔翼，令人難以置信。這種速度，還有越過敵人上方的優勢，用途要多少有多少。無線電也好，滑翔翼也好，不能利用眼前的寶物真教人懊惱。」
我對唸唸有詞的妮曼視而不見，還做了柔軟操舒展僵硬的身體，然後走進屋裡。
於是，匆匆忙忙的腳步聲傳來。
「啊啊，小盧，你回來了！我一直在等你喔。因為你沒有回家，我都不能舉辦派對慶祝。」

「我回來了。」

出現的是我母親。

實際年齡已經接近四十，外表卻年輕得自稱十七八歲也說得通。

母親摟住我，還順勢望向我身後的蒂雅等人，並且睜大眼睛。

「哎呀，小盧的老婆又多一個了呢。」

「蒂雅和塔兒朵又不是我老婆，妮曼跟我更不是那種關係。」

「是這樣嗎？」

母親放開我以後就把頭偏向一邊，而妮曼到了她的跟前。

「初次與您謀面，我名叫妮曼．洛馬林。日後預定要將令郎迎為夫婿，還請婆婆您見教。」

妮曼優雅地行了貴族之禮。令我敬謝不敏的派頭。

而且，她的震撼發言讓蒂雅與塔兒朵都愣住了。

母親露出罕見的嚴肅神情。

「洛馬林？是那赫赫有名的……」

「對，正是眾所皆知的洛馬林家。」

雖然說母親避不出席茶會或派對等活動，她仍是男爵家的夫人。

圖哈德與洛馬林家的關係本就密不可分。

母親對洛馬林的家名、特質及內情都有所了解。

「哎呀呀，小盧可真不得了，太受異性青睞也是個問題呢。不過，媽媽才不允許你入贅。小盧不可以出走家門，你不在的話，我會哭的。」

「先別提入不入贅，我根本沒有規劃要跟妮曼成親啊。」

我插嘴吐槽，卻覺得母親與妮曼都沒有聽進去，這該不會是心理作用吧？

「艾思麗大人，既然分隔兩地會讓您寂寞，請一同移居至洛馬林家。我保證會提供最高規格的款待。」

「呵呵呵，那可不成。因為我是圖哈德家的女人。」

母親與妮曼相視而笑。

……本能正在敲響警鐘告訴我，再這樣下去不妙。

「總之，我邀請妮曼來家裡作客。媽，妳剛才還提過慶祝，究竟是要慶祝什麼？」

最好的做法是轉移話題。

就算治標不治本，我仍然可以爭取時間想對策。

「說到這個啊，小盧，你要當哥哥了喔！」

「……意思是我會多一個弟弟或妹妹？」

「對呀，總覺得是妹妹呢。我的直覺很靈喔。小盧，你也要幫忙想名字。」

「好、好的，我會想想。」

「呵呵，你不用一臉擔心啦，『不會有事的』。」

突如其來的狀況讓我心生動搖。

該怎麼說呢？我不知道是要慶幸還是該為此憂慮，就各方面來想。

「塔兒朵、小雅，要是妳們倆生了孩子，我也會一起扶養喔。小盧的妹妹跟小盧的兒女會情同手足地一起長大，感覺有點不可思議呢。」

「那樣不錯耶。想到自己是初次養小孩，我也覺得心裡不踏實。」

「啊，請、請聽我說，我原本也有很多兄弟姊妹，所以幫得上忙！」

看蒂雅和塔兒朵都全力附和母親的玩笑話，內容還越談越具體，我就感到頭大。

而且，母親大概是格外排斥讓我入贅，自然就沒有提到妮曼的名字。

妮曼因此鼓起腮幫子……看來那是演技。她刻意用那種戲謔的方式強調存在感。

「媽，我目前沒有規劃要生小孩啦。」

這個世界的貴族普遍都是在我這種年紀生兒育女。然而，最起碼在解決勇者的問題以前，情況並不容許戰力因為懷胎而減少，再說我還想享受以情侶身分相處的時光。

「真可惜。都先進來吧。我想你們也累了，今天我會做一些容易消化的菜色。不過明天就要煮一頓豐盛的大餐來慶祝嘍，好好期待吧。小盧、塔兒朵，請你們幫忙。」

「好，我會靠打獵提出貢獻。很久沒嚐到亞爾特兔了，我也想重溫那股滋味。」

「那我負責替夫人備料。」

剛返家就受了驚嚇，但我回到懷念的故鄉了。
在家鄉一面休養，一面慶祝新家人的誕生吧。
為此我要先備妥大餐。
進森林打獵去。

Episode1

第一話　暗殺者試用改良魔法

The world's best assassin, to reincarnate in a different world aristocrat

回家後，我立刻出門狩獵。

為避免破壞領民的獵場，我要到深山行獵。

「我要有妹妹了嗎……家人變多是不錯。」

起初我受過驚嚇，現在倒開始期待了。

同時也落入了死不得的處境。

只要我仍是圖哈德，妹妹應該就可以活得像個普通的貴族。

反過來說，倘若我死了，她將成為下一任的圖哈德……被迫替亞爾班王國動刀。

我並不樂見。我希望妹妹能度過普通的人生。

我一邊想著這些一邊行獵。

過程中，我試了改良版的風屬性探索魔法。

「找到了。看來新型的探索魔法可以用。今年林地豐沃，獵物也長得肥美。能獵到亞爾特兔的話……蒂雅一定會很開心。」

我鍾愛把意識溶入風中，從而拓展知覺範圍的探索魔法，可用性強，施展的頻率也高。

將其升級後的產物就是這一招。

以往我都是想像以自己為中心，向外界畫圓。

因此效果範圍越是擴大，負擔越會呈指數型增長。

以圓面積來想像就能明白。

假設要將探索範圍拓寬一公尺，半徑一公尺的圓面積約為三平方公尺，加大到半徑兩公尺的話就是十二平方公尺。以這個例子而言，只要拓展九平方公尺就夠了。

然而，如果想將半徑一百公尺的探索範圍加大至半徑一百零一公尺，探索面積就會增加六百三十一平方公尺。因此，探索範圍有其極限存在。

所以改良版換了一種方式。

我先將寬幅幾十公分的長方形延伸到前方，而非探索圓內的全範圍。光這樣的話，只看得見前方狀況，所以我會將那片長方形以自身為中心旋轉，藉此展望全方位。

這樣就可以靠以往數十分之一的耗能來探索相同範圍，要拓展效果範圍也不會讓負擔呈指數型增長。

與現代兵器的雷達偵測方式相同，極具效率。

（不過這也有弱點。）

基於將長方形旋轉的性質，跟以往的差異就在探索範圍並未隨時監測。旋轉一圈所費的時間約為0．1秒。儘管空檔未滿0．1秒，仍會有遺漏。換作平時倒不成問題，可是在進行高機動近身搏鬥的場合就很要命。

所以要分開來運用。

於0．1秒會關係到性命的情況就照舊辦理，其餘場合則用新型探索魔法。

（那就來動手打獵吧。）

我從可將物質儲存於異空間的【鶴皮之囊】取出十字弓。

射程及威力都是槍械為上。然而，槍械火力太強會傷到肉，想獵取較完整的肉要用這個比較好。

我卸下原本裝在十字弓的箭，再換上新的箭。

十字弓用來尚屬方便，因此我都有準備。由於它並不會發出聲響，視情況還比用槍械更易於暗殺。

就位，而後放箭。

飛過林隙的箭矢命中並貫穿亞爾特兔的頭部，當場斃命。

「先來一隻。」

亞爾特兔的體型相當於大型犬，嚐起來頗有分量。

話雖如此，大家食量都不小，希望可以再多獵一隻。

◇

我在狩獵結束後下山。

今天的成果有兩隻亞爾特兔、一頭野豬，我還採了滿筐的菇類與山菜。

（得感謝【鶴皮之囊】才行呢。）

要揹著這些大行李下山就麻煩了。

肢解完再分給領民吧。

光靠家裡的人可吃不了這麼多。

不知不覺中，季節已經入秋。

差不多到了要花心思過冬的時候，這應該能幫到領民。

◇

獵物肢解完畢，我把多的山豬肉與兔皮交給村裡的號召性人物，並麻煩對方將東西分給大家。

山豬肉可以打牙祭，用鹽巴醃漬儲藏更是有助於過冬。亞爾特兔皮拿到城鎮就能夠賣到好價錢，因此村裡領民都很高興。

我拿到了新鮮蔬菜當謝禮。這些都拿來煮明天的大餐吧。

接著，我走進廚房。

雖然說煮大餐是明天的事，有的食材仍需要先做處理。

例如山豬肉腥味重，先摻點辛香料揉捏再放一晚入味會比較好。

下這種工夫能讓菜餚更加美味。

由於廚房裡有人，我便開口問候。

「我回來了，媽與塔兒朵都卯足了勁呢。蒂雅也在讓我有點意外。」

「說什麼意外，真讓人心冷。我可是有意願學習烹飪的。」

蒂雅鼓起腮幫子。

原本還以為蒂雅都只負責吃，不過她難得也進廚房幫忙了。

只是就現狀而言，很難把她算成人手。

接在蒂雅之後，媽與塔兒朵也轉頭看向我。

「啊，你回來了。小盧果真厲害，這麼短的時間就能捉到這麼多美味的獵物。」

「少爺捉的亞爾特兔和山豬，看起來都好好吃。」

「咦，原來那塊肉是亞爾特兔嗎！用來煮濃湯嘛，還有焗烤！以前盧各煮給我吃後，我一直好喜歡。」

「我打算用亞爾特兔煮濃湯與焗烤，山豬則想以炙燒的方式調理。」

挑亞爾特兔當獵物，是因為我有意做蒂雅喜歡的奶油濃湯和焗烤給她吃，本來就這麼設想過了。

還有，以炙燒的方式調理山豬肉也兼具測試新魔法的用意。

「小盧，什麼叫炙燒啊？沒聽過這種調理法呢。」

「那就要期待明天了……妳們是在處理麥麩醃過的盧南鱒嗎？」

「對呀。因為你跟祈安都喜歡這道菜。」

她們倆做的是魚類菜色。

圖哈德領內有廣大的湖泊，人們常吃魚類菜色，而屬於鱒魚種類之一的盧南鱒對我來說有故鄉的味道。

為避免耗盡自然的恩惠，圖哈德領自古以來就有對漁業活動設限，比如產卵期一律禁止漁撈。

因此要確保無法捕魚的時期有食物果腹，便發展出了保存魚類的技術。

起初似乎只有考量到保存，但是圖哈德領大約在我祖父那一代變得物產豐饒，人們就開始研究要如何顧及美味。

圖哈德領製作的盧南鱒魚乾以合理的手法下了工夫，與尋常貨色截然不同。

其品質無論拿到哪裡都不會令人蒙羞，即使銷往商業都市穆爾鐸肯定也能成為人氣商品。

而她們倆在做的菜應該稱作麩醃盧南鱒，取用小麥麩皮來醃製魚類的圖哈德特色鄉土料理。

像這樣處理不僅利於保存，味道也會更濃。麩醃的盧南鱒蒸過以後便是絕品，領民有在特殊日子享用這道菜的習俗。

用麥麩醃魚大概會讓外人覺得古怪，但是在我轉世前的世界，無論用米糠醃肉或魚都算不上稀奇，原理與鹽麴醃漬品相差無幾。

「哦，頂級的盧南鱒呢，尺寸和油脂俱佳。」

上等貨，很少有這麼好的盧南鱒。

「這是漢斯先生送來的賀禮。品質這麼出色，醃一個晚上蒸來吃是最棒的！我正在跟夫人一起調理喔。」

「對啊，八成是絕品。只是……這道菜對外鄉客來說不討好吧。我是只用麥麩醃過再蒸的手法，既然還有妮曼與蒂雅在，用炒的會不會比較好？」

鮮美更上一層，味道沒話說。

不過，發酵食品註定會有股難以擺脫的獨特氣味，表示無法接受的饕客大有人在。應該說，連圖哈德領民都有人不敢吃。用蒸的菜色掩飾不了食材氣味。

蒂雅和妮曼不曉得有麥麩這種食物存在，十之八九會覺得排斥。

顧慮到這些環節，我認為多加辛香料下鍋炒一炒才妥當……唉，肥美到這種程度的盧南鱒不能用蒸的倒也可惜。

「呵呵呵，不行喔。我已經決定要用蒸的了。不懂這種滋味的話，就不配當圖哈德家的女人！小盧和祈安最愛的菜色怎麼可以改成其他煮法呢，簡直壞壞！」

母親奮力指向�魎的盧南鱒，氣勢感覺都可以配上音效了。

她說的固然有道理，我覺得還是折衷一下讓外地來的客人適應比較好。

那麼……

「媽，這道蒸魚，可以交給我來做嗎？」

「……你肯定有什麼企圖對不對？」

「沒那回事，我在穆爾鐸學到了非常美味的蒸魚做法，所以也想煮給媽嚐嚐。那能將魚的鮮美完全保留住，而且飽滿多汁，嚐了會讓人感嘆以往吃過的蒸魚究竟算什麼。」如果用這些魃魎的盧南鱒如法炮製，想必將做出令人驚豔的美饌。」

「唔，聽你這麼一說，我就有興趣了。咕嚕。不過，你要跟我約定喔，端出的成品非得是蒸魚才行。」

「好，包在我身上。」

我露出微笑。

其實我聲稱在穆爾鐸得知是騙人的，那是我前世習得的烹調技術。

ジュル
リ…

就我所知最好的蒸法。

用那種蒸法，母親應該會吃得開心，蒂雅和妮曼也能嚐出美味。

我本來是為了偽裝成廚師接近暗殺目標，才學了一身烹飪技術。

如今那些廚藝卻像這樣被我用來取悅母親、情人和朋友，真不可思議。

我在第一次的人生活得像個道具。

但我敢抬頭挺胸地說，那段人生並未白費。

畢竟就是有第一次的人生，我才會學到各式各樣的技能，並且讓她們露出笑容。

Episode2

第二話 暗殺者烹煮佳餚

The world's best assassin, to reincarnate in a different world aristocrat

隔天傍晚，我來到廚房。

煮一頓慶祝家裡多了新成員的大餐。

「盧各少爺，麻煩你試試濃湯的味道。」

「加點鹽。」

「好。」

濃湯與沙拉交給塔兒朵收尾，我來處理山豬肉與盧南鱒。

山豬肉趁昨天已經加了去腥的辛香料，還泡在含有酵素能讓肉變軟的果汁裡，而且從中午就以特殊的方式調理。

使用的部位是油分少的腰肉，筋也剔除乾淨了。

這頓大餐要煮給孕婦吃，我在衛生方面就非常留意。

把肉完全洗淨，透過風魔法高壓殺菌，並且靠炎魔法進行冷凍對付寄生蟲。炎魔法屬於操控熱能的魔法，只要加以應用即可冷凍物體。

還有我昨天說過要用炙燒，但我並沒有打算讓大家吃到半生不熟的肉。

來驗收新廚具。

塔兒朵興致勃勃地探頭窺伺。

「那只鍋子，看起來好奇妙喔。」

「這叫低溫調理器，功能相當方便。」

在我活過的時代屬於最先端的烹飪器具。

將肉加熱之際，控制在六十度左右便能提升鮮美滋味，又不會讓肉質變硬，科學已證明那是最為理想的溫度。

用六十度左右的低溫長時間加熱，藉此就可以兼顧肉的鮮美與柔嫩。

不過，這種調理方式也相當耗費毅力及時間。

畢竟這次做炙燒山豬肉，需要維持於六十度並加熱長達五小時之久。

（我可沒辦法顧著鍋子五小時……只好取巧嘍。）

就是靠這項低溫調理器。

解析【神器】得到的技術可以為我所用。我將術式刻入物質，把琺爾石當成動力，做出了可以自動讓術式持續生效的鍋具。

而且我做這道菜，也是在替魔道具進行長時間連續運作的耐用性測試。

低溫調理器內有注水，我從水裡取出真空包裝的山豬肉。

真空包裡裝著肉，還一併加了調味醬與香料。

一起加熱過五小時就相當入味。

「好，完美……魔道具經長時間使用仍未對精度造成負面影響，能明白這一點便是收穫。來處理最後一道手續吧。」

我拿出以前當消遣製作的炭爐。

碳有點著，烤網也加熱過了。

山豬肉預先切成條狀，再用炭爐翻烤表面。

由於裡面已經熟透，炙燒只是為其添增香氣而已。

烤完後切成厚片。低溫調理的肉特徵在於軟嫩，何況我還用水果酵素先浸了一晚，所以就算切得厚也能輕鬆咬斷。

「哇啊，好漂亮的淡粉紅色，看起來好好吃。」

「很棒喔。妳吃一片看看。」

烤牛肉最美味的就是中心色澤如薔薇的部分。

我做的炙燒山豬肉除了烤過的表面，全都呈現那樣的狀態。

這就是低溫調理器的奇效。

「肉質又甜又軟，好吃到連舌頭都要吞下去了。原來炙燒的山豬肉是這種味道。」

「對，因為調理費時，很少有機會做這道菜，但是它的滋味配得上所花費的工夫。

麻煩妳收尾。」

「好的！」

將切片的肉擺到沙拉上面，最後再淋上特製柚子醋。炙燒料理與清爽的柚子醋十分對味。

接下來，終於要著手做今天的主菜。

「對初次品嚐的人來說，這種氣味還是太重了。」

我從麥麩裡取出盧南鱒。

有股麩臭味和些許發酵的氣味。

……習慣以後倒不會介意，但是第一次聞難免嫌臭。

我將這條盧南鱒身上的麥麩仔細洗掉，然後在魚身劃幾刀，塗抹鹽巴，跟香草一起用沾濕的紙包好，放進蒸鍋裡。

「蒸之前用紙包起來有什麼意義嗎？」

「用紙包著就不會讓魚的精華流失掉，蒸完仍鮮嫩多汁，用來去除異味的香草芬芳也容易滲透進去。而且又能避免受熱不均，益處多多。」

「那樣好像也能去除麥麩的怪味耶。」

「還沒呢，接下來才是重點。」

用紙蒸魚是名為「奉書燒」的和式廚技。

不過，這算前置手續。

今天的蒸魚要做成中華風味。

我刻意在熟透前就先把盧南鱒從蒸鍋取出，再移到別的盤子。

上頭加大量蔥段，再用熱過的香油淋蔥。

蔥的焦香味隨著劈劈啪啪的劇烈聲響瀰漫開來。

那陣香氣與我調來搭配麩醃盧南鱒的香油相互交融，麩臭味因而消散。

之所以蒸得半生不熟，就是算到了最後還要用熱油燙魚。

這種烹飪方式稱作清蒸。

系出中國的烹飪法，最能享受魚類美味的方式之一。

最後澆上醬汁，撒點香菜就完成了。

「蔥的焦香味讓人受不了耶！聞得肚子都餓了。」

「這道菜旨在聞香，但味道也很了得。熱油燙過的魚皮酥又有勁，表層口感鬆軟，裡頭卻飽滿多汁。」

「哇～～好想趕快嚐嚐看喔。這道菜也可以試吃嗎？」

「不行。畢竟完整一條魚蒸好的樣貌很重要。」

「真可惜。」

有著強烈芬芳，還從炸與蒸的技法各取優點。

這便是清蒸的魅力。

今天的菜色就此到齊。

……雖然我講好要做焗烤，不過再加一道菜實在太多。

等明天用剩下的濃湯做焗烤吧。

◇

然後用餐時間終於到了。

餐桌前有父母、塔兒朵、蒂雅和妮曼。

「請問，我真的可以就座嗎？」

「今天不一樣啊，因為這是慶祝喜事的一頓飯！基本上，妳已經是小盧公認的情婦了，就算得到特別待遇也沒有人會抱怨。應該說，請妳往後都要一起坐下來用餐。」

平時都以傭人身分守在後頭的塔兒朵瑟縮於座位上。

「請問，是什麼時候變成公認的呢？」

「倒不如說，妳那麼大膽還以為關係藏得住，我這個當婆婆的才吃驚呢。」

塔兒朵臉紅了。

她個性害羞卻總是少根筋。

「媽，要戲弄塔兒朵等吃完飯吧，菜會涼掉。」

「說得也是。那大家開動吧！」

我們做了餐前的祈禱，然後用圖哈德領釀的酒乾杯。

「「「賀夫人有喜。」」」

賀詞成了開始用餐的信號。

「唔，盧各你騙人。餐桌上沒有焗烤！」

「因為我覺得菜色多了一點。焗烤明天做。」

如我所料，蒂雅為此鼓起腮幫子。

然而，她吃到炙燒山豬肉以後就立刻眉開眼笑。

「好好吃，我大概是第一次嚐到這麼嫩又香甜的肉。」

妮曼看了蒂雅的反應，也跟著用餐。

「我也要開動嘍。哎呀，真的很美味，比王都的牛肉還要柔嫩。盧各大人，這當真是山豬肉？」

她提到的王都牛是專為食用而飼育的超高級肉品。

一般的牛肉是在牛不堪勞動以後才屠宰取肉，因此又硬又腥。

然而，王都牛過得悠閒自在，所以不會長出多餘的肌肉，而且餵的都是考量到改善肉質的飼料。

「端看調理的方式。只要下工夫，山豬肉也能變得美味。」

選擇適宜的部位並用盡苦心，就可以勝過牛肉。

……雖然說，這仍比不過用盡苦心調理的上乘肉品就是了。

我希望能找管道取得王都的牛。拜託瑪荷的話應該就能張羅到，但是我不希望為了口腹之欲讓她添增工作。

「我想請教盧各大人下的工夫細節為何，可以嗎？」

「調理的方式教妳無妨，也不用保密。之後我將食譜寫給妳。」

低溫調理器沿用了解析神器獲得的技術，所以不能外流，傳授低溫調理的手法倒是沒有問題……憑洛馬林家的財力，要僱人手專門負責低溫調理應該游刃有餘。

「吃不到焗烤雖然遺憾，盧各做的濃湯還是很可口。」

「現在小盧做的奶油濃湯已經成了圖哈德名產，還有人會從其他領地過來吃呢。」

炙燒山豬肉與常做的奶油濃湯都受到好評。

問題在於蒸魚。

這是用圖哈德名產鮇醃盧南鱒做的蒸魚。

「呵呵呵，妮曼，妳好像都沒有碰魚肉呢。不懂這種滋味好在哪裡的女孩可無法嫁入圖哈德家當新娘喔。」

母親露出使壞的表情。

她從昨天就一直在提防表明要讓我入贅的妮曼。

「是啊，這我當然要品嚐的。」

「這樣連我都被波及了耶！用麥麩醃魚簡直匪夷所思嘛～～」

反而是跟塔兒朵一樣得到母親認可的蒂雅比妮曼還怕。

「不過，明明說會有臭味，聞起來卻香味撲鼻喲。魚香味很能勾起食慾。」

「咦？盧各，這就是那道菜嗎？我還以為有臭味的魚是之後才會端上桌耶。」

「奇怪？這麼說來，聞起來確實好香……小盧，難道你沒有用麥麩醃過，而是直接蒸普通的盧南鱒嗎！作弊可不行喔。」

「不，我有用麩醃盧南鱒做這道菜。吃了便知道。」

沒錯，麩醃的食物氣味重歸重，豐富的滋味就是其特徵，因此一吃就曉得。再怎麼下工夫也沒辦法讓生魚醞釀出那種味道。

她們三個一同嚐起蒸魚。

「美味無比！這無疑是世界第一的蒸魚喲。」

「嗯，好厲害喔。我第一次吃到這麼香的魚，而且魚肉本身也相當美味。」

「……這味道確實是用麥麩醃過的盧南鱒，非常美味。雖然給媳婦的測驗泡湯了，不過小盧肯下廚為我做出這麼棒的菜，令人感激，感覺連肚子裡的孩子都在高興。」

我也嚐了嚐味道。

成果正合我意，外皮酥香，表面鬆軟，裡頭多汁，調味也無可挑剔。

在王都也吃不到這麼好的蒸魚吧。

遲了片刻才品嚐的塔兒朵也讚不絕口。

只是，唯有一個人偏過頭。

「這不合爸的胃口嗎？」

「呃，好吃是好吃……因為我喜歡麥麩的氣味，總覺得不過癮。」

這我就沒料到了。

烹飪真是深奧。

原本我以為麥麩的氣味會礙事，竟然也有人喜歡這一點。

這次的主賓不只母親，父親也是。

……下回要改進這項敗筆。

◇

後來我端了水果塔給大家當甜點。

用上大量當季水果的一品。

「呼，好吃。小盧的廚藝是世界第一！」

「艾思麗，這會不會稱讚過頭了？妳身為父母的眼光太偏袒嘍。」

「不，嚐過全世界美食的我可以向公公您保證。盧各大人不只身手高強呢，我越來越想得到他了。」

我的背脊一陣發冷。

轉眼看去，就發現父親苦笑著以眼神替我打氣。

「盧各是個太過成材的孩子。如果要為這孩子操煩，我頂多擔心他爭氣過了頭……成就累積至此，國家已無法等閒視之。盧各，起碼你要趁還能留在家裡的這段期間好好養精蓄銳。」

「那可不成。我得趁著像這樣有空閒的時候做準備。若按照現狀，我們遲早會敗陣喪命。」

正因如此，我連今天下廚都在驗收魔道具的耐用性，打獵則試了新的探索魔法。

「呃，盧各少爺，我們已經打倒了三名魔族，感覺剩下五名也很快就能收拾耶。」

「沒那種事。此後的戰況肯定會變得嚴峻。」

我斷言。

今後的苦戰並非疑慮，而是篤定。

「哎呀，能不能請教理由呢？」

妮曼感興趣了。她並非不懂才提問，而是在確認我的理由跟自身想法是否吻合吧。

「魔族具備智慧。以往的魔族是因為彼此有競爭關係，未經協調就各自採取行動。而且正因為要競爭，敵人才會輕率出擊。可是呢，巨魔、兜蟲、獅子三名魔族接連遭到我方擊殺……除非剩下的魔族都蠢到一個地步，否則它們必然會想對策。」

對方若是盤上的棋子，大概就會傻傻地繼續單獨行動並且玩弄淺薄的策略。

然而，魔族並不是蠢貨。至今的做法不管用，它們就會改換手段。

「盧各，我問你喔，比如有什麼對策呢？」

「簡單的做法就是由兩名以上的魔族展開襲擊。用先前對付過的魔族來設想，要是那有兩名，蒂雅，妳認為我們對付得了嗎？」

「……與其說不太有自信，幾乎束手無策呢。」

「沒錯。我們要用心布局才勉強能戰勝單獨行動的魔族，這便是現況……其實我從滿早就在擔憂有複數敵人來襲的局面。正因如此，我才準備了將敵人送上天際的神槍【昆古尼爾】這一招。」

那本來就是準備在兩名以上的魔族出現時，用來將敵人隔開的招式。

「還有別的做法。製造讓我們無法戰鬥的局面。舉例來說，假設圖哈德領遭受成群魔物襲擊，魔族在這種情況出現的話，我就無法捨棄故鄉前去應戰。等我收拾成群魔物以後，那些傢伙早已經達成目的消失了。更單純一點，在魔族完成差事以前，派出爪牙作亂讓我們分身乏術也同樣可行。」

如果用滑翔翼，我是可以火速趕路。

但能通知我們有魔族出現的人行動速度卻不如我們。未必每次都能像這回一樣，從米娜那裡先獲得情報。

「沒想到處處都有破綻呢。」

「是啊，所以我們可不能鬆懈，非得再精進才行。」

我時時都在努力讓自己變強。

情報網也一直在強化。我正與瑪荷聯手構築高速通訊網，將歐露娜既有的情報據點互相串聯。

信鴿是相傳至今最快的通訊手段。而我會讓速度與可靠性凌駕於那之上的通訊方式實現。

在通訊等於書信往來的這個時代，即時通訊的強大近乎暴力。

不僅可以對付魔族，之後做生意應該也能發揮功用。

「盧各少爺果然厲害！」

「誇我倒無所謂，塔兒朵，照規劃妳還要變得更強。」

「好的，只要是為了盧各少爺，任何特訓我都受得住！」

「我當然也會加油喔，盧各。我還會創造出更多魔法。」

「那我就為盧各大人貢獻金錢與權力。」

我露出微笑。

光憑我辦不到的事，與她們一起努力便能達成吧。

這麼說來，那玩意兒差不多該送到了。

我這裡也得做好準備。

Episode3

第三話 暗殺者祕密實驗

The world's best assassin, to reincarnate in a different world aristocrat

身體經過好好休養，迎來了神清氣爽的早晨。

我先沖了澡，然後到廚房拿回提籃。

便當趁昨天就做好了。

今天預定要一大早出門，必須帶這些食物。

來到外頭，所有人都換上了方便活動的裝扮等著我。

「好期待跟少爺還有大家去野餐。」

「盧各，今天要練飛對不對？」

「之前你說過有其他有趣的東西，我很好奇是什麼喲。」

今天有兩個目的。

一是履行在回到圖哈德領之際，要讓蒂雅和妮曼操縱滑翔翼的約定。

後山有座小丘陵，從那裡起飛就能舒適地滑翔。

第二個目的則是要進行某項實驗。

我要測試的東西並沒有像之前的改良魔法與魔導具那麼瑣碎，而是難保不會為世界帶來變革的產物。

「時間寶貴，我們及早出發吧。今天的風吹得不錯。」

這種風向與風勢最適合飛行。

今天應該能飛得痛快。

◇

我用魔法造出滑翔翼，然後說明操縱的方式。

「來，飛吧。」

「咦！只聽完用法就叫我們飛，會不會太嚴格了！」

「口說不如實作喲。聽盧各大人講解就知道原理很單純，沒問題的。」

「我會在地上發指示，妳們放心。」

說來倉促，但這樣學最快。

因為教的是她們倆，我才敢這麼做。

常人墜落可會受重傷，甚至有可能喪命。

然而她們倆可以用魔力強化體能，出狀況仍有辦法因應，就算受傷應該也在我能治好的範圍內。

所以我要採取斯巴達教育。

「妳們記得將無線對講機帶好喔。」

「對、對啊。這是飛行的生命線嘛。」

「……我還是希望能把這項技術帶回洛馬林家。」

她們倆都把無線電帶到身上了。

只要有這項道具，我就可以從地上給予建議。

「說到這個，記得它的有效範圍頂多一百公尺喲。」

「用攜帶型做雙向通訊的話是這樣。這座山是我的實驗場地，它的原型機種就擺在這裡。」

我一面說一面從地上提起談到的東西。

外觀呈長方形，身高相當於我的鋼製大型魔道具。

「有這種尺寸的機體，就可以增幅訊號把聲音送到。效能是攜帶版的二十倍，遠至兩公里。」

僅限我這裡能將訊號增幅送到，因此只有發訊距離變長，超過一百公尺的話便無法收到來自子機的訊號。

一百公尺內可以雙向通訊，超過之後就是由我這裡單向發訊。

然而，光能發出建議已屬難得。

「原來能傳到那麼遠嗎！用在戰爭上就無敵了喲。只要有它在，一瞬間即可把所有情報傳達給全軍。這比千軍萬馬更有價值！」

號令成千上萬的兵馬能一以貫之。

那應該能讓軍隊提高數十倍戰力。

「早說過了吧，我做這些不是為了戰爭。要是我國的權貴得知有這種東西，八成會意氣風發地出兵攻打他國。」

亞爾班王國的貴族多屬野心分子。

好逞勇鬥狠之人若得到更強的力量，必會展開侵略。

「那有何不妥呢？亞爾班王國明明會更加繁榮。」

「那不合我的心意。就算要讓國家繁榮，發展現有的技術也比強取豪奪來得好。」

我並不是和平主義者，卻也無意製造或迫使他人流下無謂的血淚。

我本身只要有圖哈德的領地就夠了。

既然如此，要我順著他人欲求成為殺戮的共謀，我可不會奉陪。

「或許缺乏野心是盧各大人的唯一缺點。」

「我沒有把那當成缺點。不說這些了，妳們快點起飛吧，趁這陣風尚未停歇。」

「那、那麼，我要出發了喔。有危險的話，盧各，你要出手救我喔。」

「我這就啟程，盧各大人。」

蒂雅和妮曼從山丘上起飛。

滑翔翼順風曳空，逐漸飛遠。

她們倆的操控方式都忠於基本規範，飛得無驚無險。

「那兩個人的腦袋和要領都不錯，感覺本來就不需要我陪著。」

「少爺說得是。她們適應的速度比我快多了。」

即使有側面吹來的風勢，她們倆也能立刻穩住。

正因為理解滑翔翼的結構才能操作得當。

不過，由於她們無法用風魔法，高度便逐步緩降。

能讓滑翔翼順利抬升的風可不常出現。

蒂雅和妮曼不久就著陸了。她們倆用魔力強化體能，跑著趕回來我這裡。

不，看來不只這樣。

蒂雅一副另懷鬼胎的表情。

……這只讓我有不祥的預感。

「她是想——」

蒂雅以全力助跑，然後使勁躍起。

憑那點高度，滑翔翼立刻就會著地。

可是，蒂雅一直在唱誦魔法。

原本魔力會耗在唱誦中的魔法，使她無法強化體能，然而應用【高速唱誦】就可以進行【多重唱誦】。

蒂雅根本用不了風魔法。

她想做什麼？

「呀啊！」

蒂雅的後方發生強烈爆炸。

滑翔翼乘著爆壓抬升高度，而後加速。

為避免讓翼身受損傷，她將引爆點設得相當遠。

不僅如此，蒂雅還藉著【多重唱誦】唱誦了爆破魔法之外的魔法。

那道魔法隨之生效。

「……她居然這麼胡來。」

蒂雅從腳底噴出火焰。

不，那並非火焰。蒂雅聚集了周圍的空氣，並且加壓燃燒，將噴出的高溫高壓氣體當作推進力。

以原理而言和噴射機相近。

速度比御風的我與塔兒朵更快。

蒂雅理應不知道何謂噴射機，還能自力研究創出這樣的魔法，值得讚嘆。

「蒂雅小姐好厲害。那未免太快了。」

「不過，我不會想效法那一套。難度極高又難以駕馭，只要控制上稍有差錯，導致火燒翼身就完了。效益也不划算，蒂雅與我以外的人用那招的話，魔力會在一瞬間消耗殆盡。」

為了聚集並加壓周圍空氣，無法施展風魔法的蒂雅還用了無屬性魔法來凝風聚形，說起來是非常低效率的做法。

缺點眾多。可是，扣除那些以後仍屬出色的魔法。

換我來用就不必凝風聚形，以風魔法呼風即可。

蒂雅享受飛行一陣子以後就下降著陸於我們旁邊。

「呵、呵、呵。怎麼樣？即使我不會御風，一樣可以飛得快！」

「嚇了我一跳。蒂雅，我也幫妳做一架專屬的滑翔翼備用好了。」

「謝嘍。我很期待。」

「下次到王都時，我們就可以自力飛過去了。」

「這、這個嘛，或許還有點吃力。」

畢竟那是效益極差的魔法。

蒂雅應該撐不到王都吧。

間隔一會兒，妮曼捧著滑翔翼跑回來了。

「呼……呼……總算回到這裡了。用這飛行的過程無比享受，可是回程實在累人。拿起來好重喲。」

身段一向優雅的她難得滿身大汗。

「呃，蒂雅，我有一事相求。」

「好啊，妳說吧。」

「能否請妳創一套以光為動力的魔法？」

「抱歉，妮曼，我有點難以想像耶。」

以光轉換成推進力的機制在科幻創作看得到，我卻沒聽過實用化的事蹟。精確來講，處於理論已完成，並由專門機構發表有可能實現的階段。

連我都不覺得自己能用魔法將其重現。

「真遺憾……」

魔法固然方便，但並非萬能。

它有辦得到與辦不到的事。

◇

享受飛行告一段落後該用午餐了。

離那玩意兒開通還有一些時間。

「今天也能吃到盧各少爺做的飯，實在太幸福了。」

「如果每天都由盧各負責做飯多好。」

「呃，那樣我也會覺得難過。傭人有傭人的骨氣……」

籃子內的三明治就此亮相。

裡面有經典的蛋沙拉三明治，還有用山豬肉做的漢堡排三明治，再加上今天的珍藏菜色。

「盧各，你又騙人了，昨天明明說過要做焗烤的。嗚嗚嗚，我好想吃焗烤喔。」

蒂雅怨怨地望著我。

「蒂雅小姐，便當裡要裝焗烤不方便吧……而且那道菜冷掉就不太可口了。」

「你們說的焗烤是什麼？」

蒂雅一臉得意地向妮曼介紹起焗烤。

「那非常好吃喔。用昨天的奶油濃湯煮斜管麵，再放上起司進烤箱烤。味道會變得既濃郁又讓人飽足，我最愛吃那道菜了。」

「哎，聽起來似乎很美味呢。」

「可是……」

蒂雅又看向我這邊。

「我倒希望妳別操之過急，那道菜我有記得做。妳先吃吃看三明治。」

沒錯，我有做好帶來。

我是蒂雅的男友，我想寵愛自己的女友。光是做普通的焗烤，並不適合當成便當的菜色。

所以我做了冷掉也一樣好吃的焗烤。

「話是這麼說，籃子裡只有三明治啊。」

「蒂雅小姐，總之我們先開動吧！」

「好喲。」

我露出微笑，從水壺裡倒了湯。

接著，我們便開始用餐。

「哎呀，這種夾了蛋的三明治嚐起來有一絲絲酸，滋味好豐富。我第一次吃到這樣的調味喲。」

那只是將半熟的水煮蛋攪碎再摻自家製的美乃滋罷了，不過美乃滋在這個世界屬於味道前所未聞的嶄新調味料，任何場合端出來都能獲得好評。

「漢堡排的調味讓齒頰留香，而且鹹中帶甜，少爺做得真好吃。」

漢堡排是做成照燒口味。照燒菜色冷掉後依然可口。

然後，終於輪到今天的特別料理了。

「啊，是焗烤的味道。真的有焗烤耶！好好吃，超級超級好吃喔。」

那是奶醬可樂餅三明治。

把肉與通心粉加進燉煮過的奶油濃湯當餡料，再炸成可樂餅。

在這種可樂餅上淋滿煮到收乾的特濃番茄醬汁，然後用麵包夾起來。

味道濃厚到這等地步，即使放涼也一樣好吃。

「原來這就是焗烤，十分美味喲。」

「我最愛這道菜了。」

「是啊，我也喜歡少爺做的焗烤。」

屬於碳水化合物的通心粉搭配屬於碳水化合物的奶油白醬。裹上碳水化合物的麵衣下鍋油炸，再用名為麵包的碳水化合物夾在一起，堪稱碳水化合物的化身。

滋味卻很棒，並非靠道理就說得通的。這也是某間漢堡店的超人氣菜色。

「呼，好好吃喔。盧各，你果然是最棒的男友。」

「妳嘴巴還滿甜的耶。」

我摸了摸主動投懷送抱的蒂雅。

能讓她開心成這樣，付出的辛勞也就值得了。

「對了，記得你提過今天除了練習滑翔翼以外還有重要的實驗對不對？」

「對，差不多要開通了。」

看向懷錶，已經是我跟對方講好的時間。

世紀大實驗即將開始。

為了在發現魔族後立即獲得情報而準備的道具。

來啦。之前無線通訊也有用到的黑色大型通訊機震動。

隨後……

『盧各哥哥，聽得見嗎？你的妹妹正從穆爾鐸發出愛的呼喚喔。』

瑪荷的聲音傳來。

來自約四百公里外的遠方，即時傳達至此。

「聽見嘍。實驗成功了。」

『呵呵，真令人高興。這樣我隨時都能聽見哥哥的聲音呢。』

實驗成功。

我想製作的是電話。

其實製作電話的計畫從兩年前就已起步，試作品在兩年前便完成了。

然而，布設通訊網需要花費時間、資本及勞力，即使動用歐露娜的所有權力與資金還是拖到了現在。

蒂雅她們都說不出話。

連有效範圍兩公里的無線電都能嚇壞人，她們根本沒有想像過隔四百公里也能通話吧。

差不多該揭曉其中玄機了。

來揭曉先前的對講機範圍最遠才兩公里，為什麼瑪荷的聲音卻能從四百公里外傳到這裡。

Episode4

第四話　暗殺者布下通訊網

The world's best assassin, to reincarnate in a different world aristocrat

從大型通訊機傳來瑪荷的聲音。

『感慨萬千呢，畢竟花了兩年才總算完成。想當初聽盧各哥哥提起時，我只覺得是天方夜譚。』

「是啊。不過這樣一來，將所有主要據點串聯起來的通訊網就完成了。」

『嗯，歐露娜將無人能敵，而且我一定會提供比以往更全面的支援。』

過程實在漫長。

要完成這張通訊網有許多障礙，而我們耐心地一項一項克服了。

做實驗的當下，我也順便從瑪荷那裡收取歐露娜的動向報告，與之前委託她的調查結果。

嗯，音質也毫無問題。

硬要挑瑕疵的話，就是傳訊距離長會造成些許延遲而已。

『另外，不曉得是不是多心了，聽得見哥哥後面有陌生女性的聲音耶。而且我覺得她似乎是個大美女，還對你懷有特殊的感情……呵呵呵，當我為了哥哥盡心盡力工作而瀕臨操勞致死的時候，哥哥居然又交了新女友，太有意思了，簡直令人萬念俱灰呢。』

最後瑪荷提到了私事，通訊隨之結束。

好恐怖。要說哪裡恐怖，就是她並沒有發脾氣，只用著實疲憊的嗓音講完後連我的辯解都不聽便直接切斷通話這一點。

下次去跟瑪荷聚聚吧。

每次我都害瑪荷忙得焦頭爛額，她需要關懷。

通訊結束後，妮曼就興沖沖地追問：

「那真的是來自穆爾鐸的聲音嗎！從那邊到這邊將近四百公里喲。盧各大人，難道你在戲弄我們？該不會那只箱子裡藏了個女孩吧？」

「我不會做那種無聊的事。聲音確實是從四百公里外傳來的。」

妮曼說不出話了。

讓聲音傳遍戰場的成就遙不及接通全國上下通訊。

她不可能不懂當中有何意義。

情報有其鮮度。

以做買賣為例吧。只要隨時掌握每座城鎮的行情，光是讓商品從南到北流通就可以掙得萬貫財富。眾人之所以沒那麼做，是因為情報傳遞要花費時間，等商品進貨送抵，行情就已經改變了，再不然也得跟打著相同算盤的生意對手競爭。

可是，有通訊網的話便能在瞬間轉達情報。換句話說，可以趁行情改變、生意對手採取動作前先將商品送抵。若有這項優勢，連猴子都能賺大錢。

這項優勢不只限於做買賣。

包含政治、軍事在內，擁有通訊網的人可以對一切領域看得更加全面，並藉此採取精確而迅速的動作。

行動能比對手早幾天，應該就可以時時占取先機。

這個世界的居民並沒有聯繫在一起。

無論做什麼事，離得越遠就需要花越長的時間傳遞情報。在這種環境下，唯有我方與全世界有聯繫，行動起來猶如單一生物。

其差距超出把互相聯絡一事視為理所當然的人所想像的好幾倍。

這類產物是可以改造世界的發明。

「……只要全副活用這東西，連征服世界都是可行的喲。」

「有意願的話啦。然而正如剛才也提過的，我無意那麼做。這終究只是用來強化我旗下情報網的道具。」

除了或多或少利用於歐露娜的生意，我始終只打算當成單純的情報傳遞手段。

「盧各少爺，請問你為什麼能跟那麼遠的地方通訊呢？明明那只大箱子也有兩公里的極限……難道說，有體積更大的裝置藏在哪裡嗎？」

「啊，盧各，這一點我也想不通耶。」

對於這東西的價值，塔兒朵和蒂雅的理解不像妮曼那麼深，從震驚恢復過來的速度似乎就比較快。

她們當然有疑問。

「之前我用的是無線型，但這東西屬於有線型，兩地有線路連接。那條線會將訊號送到，所以能傳輸的距離比無線電更遠。」

「盧各，我根本沒看到有那樣的線啊。」

「因為埋設在地下。」

那正是我構築這張通訊網費了兩年歲月的理由。

「可是少爺，那樣你不會怕嗎？假如線路從哪裡被切斷就完了。」

「妳說的沒錯。因此，我製作了切不斷的線材。這就是實物，這種巨大的通訊機都靠著它相互連接。」

我從【鶴皮之囊】取出通訊纜。

「還滿粗的耶，少爺，比我的大腿還粗。」

「實際傳訊的部分很細，厚的是保護內部的素材。來瞧瞧這有多堅韌吧。塔兒朵，妳試著用全力將這個斬斷，以魔力自我強化也無妨。」

「那、那麼，我要試了！」

我用雙手拉緊纜線，塔兒朵便抽出短劍砍過來。

強勁的衝擊，魔力的強化使得這一擊力道深沉。

她所揮的短劍是我鍛造的特殊合金魔劍。

就連鐵板都能斬斷的一擊。

但……

「不會吧，我砍不斷。」

「就這麼回事。連塔兒朵以魔力強化過的一擊都能承受，而且還柔軟得可以像這樣彎曲，所以不會折斷。這玩意兒最起碼埋在地下五公尺深，他人難以切割，所下的工夫也不怕被切割。」

「盧各，我好奇那是什麼工夫耶，告訴我。」

「重要據點之間各有冗餘配置的兩套纜線，即使切斷其中一條，另一條仍然可以將訊號送到。」

我已把穆爾鐸及圖哈德領等地定為核心據點，有東部纜線與西部纜線存在。

「等一下，你會稱作重要據點，表示還有普通的據點嘍？」

「當然。裝設通訊機的據點總共有二十處，國內被稱作主要都市的地方都已經裝設完成了。」

「呃，盧各，所以你的意思是從那二十個據點都可以將聲音傳到任何據點嘍？」

「正是。」

所以我才把它比喻成通訊「網」。

原本就算用有線式，傳輸距離最遠仍只有八十公里左右。

因此，據點間的距離最遠到八十公里即為極限，我是藉著先由其他據點接收通訊，再增強訊號送往下一處的方式，才實現了長達數百公里的通訊。

準備兩套纜線則是因應線路遭切斷時的對策，更是因應據點被毀時的對策。

「規模太浩大了耶，難怪要花上兩年。」

「規模之大固然有影響，必須暗中建設也是費時的主因。工程人員並不是任誰都能勝任，需要好幾名會用土魔法的具備魔力者。布設這張通訊網讓我用掉了歐露娜總資產的四成。」

「請、請問，歐露娜資產的四成，說起來是不是可以輕鬆買下附近的城堡了？」

「附近的城堡可不能相提並論，塔兒朵，我所用的金額倍於妳的想像。」

做工不怕髒又口風緊的具備魔力者並不好找，即使有也會開出天價的工酬。

儘管電話線與設備都是由我製造，卻噴了這麼一大筆錢，幾乎都是花在人事費以及請權貴睜一隻眼閉一隻眼的賄款。

「唔哇，那是天大的鉅款對不對？」

「金額大歸大，但不成問題。既然通訊網已經完成，兩個月就可以回本。」

這並非樂觀的評估，而是起碼可以賺到那麼多的底標數字。

照估算可以有更高的獲利。

那是以情報戰壓倒他人而得到的成果。

「兩個月？你太謙遜了喲，有一個星期就夠了……盧各大人，虧你肯對我透露這些呢。為了將那個得到手，洛馬林家可是敢於毀滅一兩座城鎮，不，連毀滅一個國家都在所不惜喔。」

「妮曼，妳不會跟我硬碰硬的，妳應該認為我有更高的價值。難道妳不想見識比這更高的成就嗎？」

「呵呵呵，所以你自許為生金蛋的雞嘍……那好吧，這件事我就先藏在心裡。待在你身邊真的都不會覺得厭倦喲。」

妮曼笑了笑。

接著，她就嘀嘀咕咕地思索起要怎麼有效運用這張通訊網。

「盧各，我還有一件事感到好奇，剛才你是從這裡用無線電給飛在天上的我們建議吧？感覺上，這是不是可以從其他據點用有線的方式傳輸情報，再由這裡以無線電形式跟其他子機通訊？」

「妳真敏銳。正是，反過來也行。從子機傳訊的有效範圍約一百公尺，但是從子機接收的情報也能傳往其他據點。」

沒想到會被蒂雅察覺。有線機能與無線機能兩者皆具，正是為了這樣運用。

以有線的大型機體為傳輸中心，將情報同時傳給附近的子機，這樣即使不是在據點也能接收通訊，反之亦然。

這種機制在我的世界就跟行動電話一樣。那也是從各地設置的通訊機將數據傳送給各區域的手機，而據點之間是以有線的形式相聯。

如此設計固然是因為方便，同時也是為了不對各據點的那些諜報員公開大型通訊機位在何處。

我只把子機發給他們，對於母機的存在則祕而不宣，還說明那是發掘出來的神器而非我研發之物。

他們只知道在特定場所使用子機就能跟所有據點通訊，連有母機存在都不曉得。

縱使有人背叛，只要對方以為那是神器就不算大問題，再說子機被奪走，我多得是方法可以應對。

雖然說諜報員都是選可信賴的人擔任，我仍要再三小心。

「哇啊，少爺好厲害。」

「所以妳們往後都要隨身攜帶那種對講機。只要帶在身上，在大多數城鎮無論置身何地都能將聲音傳到。還有，接到通訊時即使不在場，之後仍然可以調出一天份的通訊內容來聽。」

「是，我會好好珍惜。」

「唔哇，那可不能弄丟耶。」

「我絕不會讓這個離手的喲。」

她們三個都珍惜似的捧著通訊用子機。

之後得教她們用法才行。

通訊時要設波道，波道會依用途做區分。

她們的子機經過設定，只能接收我用的私人波道。

「那麼，實驗到這裡結束。我們回去吧。」

「啊，盧各，我要搭滑翔翼回去。」

「我也想那麼做，盧各大人。畢竟在回程使用就不必徒步搬運了。」

「隨妳們的意吧。」

看來蒂雅和妮曼挺喜歡滑翔翼。

我目送飛離的兩人。

就在這時候，我持有的子機響了。

照波道所見是來自王都據點的諜報員傳訊。

我聽完對方報告。

「呃，盧各少爺，你的臉色好恐怖。」

看著我的塔兒朵正在害怕。

「抱歉，我接到了一點壞消息……通訊網立刻就派上用場了。如果再慢三天才獲得情報，或許就太晚了。貴族的嫉妒心真是醜陋無比。」

即時性的情報果然強大。

這項投資沒有錯。

我要利用及早得知的情報出人意表。

快到讓王都那些人想都無法想像。

Episode5

第五話
暗殺者反設圈套

The world's best assassin, to reincarnate in a different world aristocrat

做完實驗的我回到家以後，就開始著手反擊那些打算設計我的貴族。

若放著陷阱不管，不僅將危害到我的立場，還會連累圖哈德家本身。

「原來設下通訊網再精確布署諜報員，就能有這等效力，超乎預期。」

通訊網串聯了二十座主要都市，是一項將即時通訊化為可能的大規模基礎建設。

而且派遣至各地的諜報員收集到情報都會與我共享。他們可分成兩種人。

首先是在歐露娜旗下忠心耿耿的眾多員工。他們會以商人身分到各主要都市工作，並且與我共享以經濟、物流為主的相關情報。只要全面審視從他們那裡得知的金錢物資流向，社會上有什麼宏觀的謀劃大多都可以看穿。

（越想做一番大事，金錢與物資越容易有流動，那些跡象自會道出其中的圖謀。）

即使栓得住人的嘴巴，要掩飾金錢物資的流向仍是難上加難。

（這次發揮功用的是另一邊。）

另一種人則是對【聖騎士】懷有憧憬而被我拉攏來的貴族。他們幾乎全是具備魔力者，還會提供貴族社會的情報給我。

他們能力優秀，畢竟成員僅限有本事與身為【聖騎士】的我接觸之人。有那種本事代表家世顯赫，不然就是有足夠的影響力暗中打通門道。

我一一進行面試，只挑可信任的人當合作夥伴。

利用這群人是件容易的事。

我順著對方憧憬【聖騎士】所懷的期望，要他們成為英雄的助力，藉此讓這些貴族一圓本身的英雄夢。我也給足了酬金，即使他們身為貴族，當中仍有絕大多數尚未繼承家業，本身能動用的財產想當然不過爾爾，有錢拿就開心了。

我還用洗腦技術掌握這些人的心，並且依對方的立場釋出必須的利益，以減少他們倒戈的風險。

這麼一來，他們何止肯透露親屬底細，連自家內情都會喋喋不休地告訴我。

……問題是就算能力優秀，幼稚者依然居多。畢竟他們都是想玩英雄家家酒的人，會有那種通病也無可奈何。

正因如此，我極力在控管這些人露餡之際所帶來的風險。

「好在我將王都視為監視的重點。」

王都有我準備的眾多耳目。

那裡是政治的中心，重視中央甚於領地的貴族比他人更愛慕虛榮且善妒。

所以我一直認為有許多小人會來扯後腿。

從那種人的心態來想，我應該是個讓他們妒火中燒的眼中釘。

我不過是下級貴族的男爵家長男。這樣的我卻能接連打倒魔族、獲得王室器重，眼看連四大公爵家之一的洛馬林家都要被我攀上了。

我獲得的榮譽還有蒙受的寵幸都令那些貴族吃味。

而且，圖哈德家終將出人頭地，威脅到自身的地位……他們就是這麼想的。

明明我跟父親對那些絲毫不感興趣。

「只要他們動動腦，也該知道扯我後腿有什麼後果才對。」

一旦失去能打倒魔族的人，事態將形同自掘墳墓。

既然當代的勇者守在王都無法動彈，我如果不去對付魔族，亞爾班王國的國土就會被敵人盡情蹂躪吧。

而且讓魔族為所欲為的話，魔王便會復活。

魔王可能連勇者都對付不了，到時候整個國家都要滅亡。

至少在魔族威脅尚存時，那些貴族不該來攪局。

即使如此，他們仍用歪理正當化自己出於嫉妒與虛榮的魯莽行為，對我張牙舞爪。

「假如只是稍微作怪，我本來還打算放他們一馬。」

……這次對方玩的技倆格外惡質。

既然這樣，我就會出手對付。

我會先用正攻法對抗，最糟的情況下甚至不惜執起本業。

畢竟對方設下的圈套就是如此惡質。

◇

隔天早上，洛馬林的使者來迎接妮曼了。

洛馬林家的千金身懷許多工作及責任，諸事繁忙，要久留於此也有其限度。

我們都來為她送行。

「在圖哈德家的這段時光實在很開心喲，盧各大人，我會再來的。感謝你。」

「別客氣，我在洛馬林家也過得很愉快。願彼此往後能繼續共築良好的關係。」

「我也是一樣的想法喲。下次在學園見面，我會用溫柔學姊的臉孔對待你。」

「好啊，我也會表現得像個可愛的學弟。」

這麼說來，學園快要重建完成了吧。

那樣妮曼就會成為我們的學姊。

之前我都刻意避著她，但現在已經沒理由那麼做了。

「還有，盧各大人似乎遇到了小麻煩呢。」

「妳指的是什麼？」

「別以為騙得過我喲。盧各大人的表情與舉止都與平時無異，可是，散發出的氣息就是不同。」

「是有一些狀況。」

服了她呢，包含前世在內，我自認藏起表情與情緒還被看穿的經驗可不多。

「需要借助洛馬林家的力量嗎？」

「那倒不必。」

我並沒有逞強。

我不想欠不必要的人情。

借助洛馬林家力量的時刻該在更久以後。

「是嗎？若你改變心意，請跟我聯繫……這東西我會好好帶在身上的。」

「好，到時再拜託妳。」

通訊網設在這個國家的主要都市。

當中沒有道理不包含洛馬林家所在的城市。

我已經將該城市設置大型通訊機的位置告訴妮曼。

只要使用對講機，彼此就可以取得聯繫。不過，妮曼的對講機只能接收特定波道，因此我有設定讓她無法旁聽諜報員們傳來的情報。

妮曼在最後朝我行了禮便啟程回去。
跟她相處雖然傷神，同時卻也讓我上了一堂愉快的課。
希望往後能繼續保持良好的關係。

◇

與妮曼道別以後，我從自己房裡的子機連接通訊網。
圖哈德家的屋邸也設有大型通訊機。
不過這屬於較為特殊的機種，資料上並無記載，連瑪荷都不知道它的存在。
另外，這具備其他通訊機沒有的特別功能。那是在叛徒出現時，能一面將損失縮到最小一面過濾出叛徒身分的機制。正因如此，它的存在我並未告訴任何人。
我選定的並不是與瑪荷或塔兒朵她們聯絡的私人波道，而是通知那些諜報員的專用波道。
「銀呼叫王……」
在私人波道是用姓名互稱，但是在聯繫諜報員的波道就會用代號。
銀指的是我，王則是位在王都的諜報員。
就這樣，為了對設圈套害我的那些傢伙設圈套，我向諜報員下了指示。

◇

隔天我準備了滑翔翼。

有我和蒂雅兩人共乘的款式，還有塔兒朵的專用機。

「不好意思，原本我想在這裡多放鬆一段時日的。」

「不會的，我完全不介意！只要能跟少爺在一起，我哪裡都願意去。」

「話說回來，對方好過分耶，居然聲稱盧各是罪犯。」

「對啊，實在過分。」

想算計我的那些人正準備讓我蒙上殺人罪。

以往的暗殺行動並沒有露餡，完全是對方平白無故安上的罪名。

對暗殺者來說，事蹟敗露而被捕是最大的屈辱，等於被烙上無能的印記。

即使知道是冤罪，還是令人火大。

「手法粗糙簡陋。對方先殺害政敵，再把屍體遺棄於尚布倫，然後似乎已經找了人作偽證，想指稱我是在與魔族交戰的過程中失手波及才導致受害者死亡。」

「請問，那樣算是盧各少爺做了壞事嗎？跟魔族交戰的過程中，我覺得本來就會有波及到其他人的狀況，要在意那些的話就無法作戰了。」

「沒錯，甚至在【聖騎士】擁有的權限裡，就有交戰途中造成任何損害都無須負責的免責權。」

不只【聖騎士】，勇者及一部分的上級騎士團也擁有相同權限。

具備強大戰鬥力的人出面戰鬥，餘波將遍及廣範圍。而且高層會派出那些人，大多是要應對敵方強大或燃眉之急的案件，在意周遭損害的話就無法正常作戰。

「太奇怪了吧？既然如此，對方根本沒辦法把罪名安在盧各身上啊。」

「不，對那些傢伙來說，那樣就夠了。他們安排了一名身分高貴的風雲人物來當成枉死於我手中的被害者。即使無罪，也會在人民與眾多貴族心中留下惡劣印象。最糟的情況下，說不定還會有人高呼替死者報仇。假如設局者只是因為嫉妒而想扯我的後腿，能達成這樣的負面宣傳已經足夠……不僅如此，據說對方還會捏造受害者與圖哈德男爵家之間有仇怨，讓大眾認為我是刻意下殺手。」

憑【聖騎士】的權限，受戰鬥波及造成的死亡縱然可視為不可抗力，但若刻意致人於死就會構成問題。

就算不成罪，各方貴族必然也會從各方面對圖哈德家施予制裁。

「好齷齪。所以我才討厭貴族社會嘛。」

想在貴族社會出人頭地，就要靠扯人後腿。

若是身處戰亂的時代，立下顯著功績便能封官進爵，否則根本就拿不出什麼亮眼的成果。

因此，避免出差錯，還有如何讓地位高於自己的競爭對手失勢就成了重點。

有心往上爬的貴族就擅於操作這些。

想算計我的那些人亦屬同類。

「那樣的話，請問少爺打算怎麼對抗他們呢？」

「我查出作偽證的人是誰了。我會稍加『說服』，讓對方轉而投靠我。在揭發我有罪的法庭上，我要反過來讓證人當場托出有幕後黑手想要算計我。」

「對方肯倒戈嗎？」

「妳認為我辦不到？」

塔兒朵怵然一驚。

說服是我的拿手本領。

……假如沒有通訊網，我應該爭取不到時間出對策。

審判的流程是這樣。

有人出面告發罪行後，要先審議是否開庭。

如果審議許可，會先用信鴿發函通知，官差也會帶著令狀一併搭馬車出發。

被告需在官差抵達領地後的三天內回到領地，再與官差一同前往王都。

接著在抵達王都後，法院將於相關人員所能安排的最短期程內開庭。

從王都啟程的話，再怎麼趕路也要一週才能抵達圖哈德領。

信鴿則需要飛兩至三天。

從接獲信鴿通知到官差抵達會有五天時間，加上官差願意等待的三天，原本我只要在八天內回領地即可。

然而，這次信鴿會「不幸」碰上事故而無法將信函寄達。

……換句話說，從官差帶著令狀來到的三天以內，我要是不能趕回圖哈德領就會被視為畏罪潛逃而定罪。

即使能趕上，據說告我的人也已經安排好各項環節，可在我跟官差一起抵達王都的隔天就開庭。

全然不知情的話就會不戰而敗，即使能趕回領地也只能在毫無準備的狀況下出庭。

「受不了，我建設通訊網可不是為了應付這種事。」

我露出苦笑。

這次是靠它才得救。

今天早上，帶著令狀的官差似乎已從王都出發。

正因為我在昨天就得知這件事，才能預先做許多準備。

「嗯，就是嘛。不過知道能證明盧各是無辜的，我就放心了。」

「對啊。不過呢，我不打算就這樣了事，要讓對方受報應。」

光證明無辜還不夠。

我要當眾將主事者完全擊潰，以免再有玩這種把戲的蠢貨出現。

Episode6

第六話 暗殺者喬裝

The world's best assassin, to reincarnate in a different world aristocrat

我們用滑翔翼飛行。

有別於走陸路，這可以沿最短距離前往目的地，移動速度又快。

搭馬車到王都的話要花幾天時間。情報快，移動也快，我會利用雙方面的速度反將敵人一軍。

飛行順利就讓我起了一絲玩心。

「蒂雅，我也來試試妳創的魔法。」

用火焰加熱增壓將氣體噴射出去一舉加速，極為合理的推進機制。

蒂雅毫無預備知識就創出這一招，天分驚人。

而我可以將這魔法用得更好。

「你要小心喔。連我施展魔法都會讓滑翔翼發出怪聲，會用風魔法的你認真起來，滑翔翼可能會撐不住。」

「我有確實計算翼身的強度。」

滑翔翼原本就是在承受得住風力加速的範圍內，採取將翼身極限輕量化的設計。

雖然說有一定的緩衝空間，速度若超出預期，故障的風險便會如影隨形。

「你已經完成魔法了？」

「對，出發前弄的。」

我覺得用起來似乎滿方便，就將蒂雅的術式加以改進。

改善項目有二，第一是我成功用風魔法增進了聚集周圍空氣的效率。

第二是導入了無屬性魔法，製造出膜一般的保護層，讓整架滑翔翼承受推進力。

我把改進的魔法取名為【推進術】。

不僅可以幫助移動，還能用於戰鬥。噴射的高壓氣體殺傷力強，在實戰中應能成為一面高速移動一面施展高火力攻擊的便利魔法。

而我立即施展出【推進術】。

藉【多重唱誦】的功用同時凝鍊火與風之魔力，進而讓【推進術】完成唱誦，魔法隨之生效。

滑翔翼猛烈加速，風壓讓臉孔緊繃。速度驚人。

太爽快了，似乎會上癮。

只過短短幾秒，【推進術】就結束了。再繼續加速，滑翔翼大概會解體。

「這可了得。」

「啊哈哈，太棒了。原來用風魔法再加上盧各的誇張魔力，就會變成這樣。」
「看來是如此……我再重新評估滑翔翼的設計，以便運用這一招吧。」
既然有這樣的推進力，就算重量多少會增加，也該強化翼身的剛度才對。
與其節制魔法施展的威力，製作能承受的滑翔翼會比較合理。
「可以啊，不過到最後只有你能用，我覺得沒意義耶。瞧，都看不見塔兒朵了。」
「這倒也是。」
我把風魔法也切掉，改用滑翔，好讓塔兒朵可以追上。
間隔一會兒，塔兒朵的聲音從無線電傳來。
『那招噴出氣流的魔法速度太快了，我追不上～～』
從無線電聽得出塔兒朵的聲音裡含著眼淚。
確實如蒂雅所說，只有一架滑翔翼能與【推進術】相容的話，就不具意義嗎？
不，等等，換個前提好了。
「好，我決定了。就以使用【推進術】為前提，造一架四人用的機種。」
以往是因為魔法推進力不足才用滑翔翼而不造飛機，何況以輕巧為優先，飛行速度才會快。
但我在腦裡計算過，既然有【推進術】，就算為了四人共乘＋確保剛度而增加重量，那樣還是比較快。

「……不曉得你會造出多誇張的滑翔翼耶，我有點害怕。」

「哎，先懷著期待吧。」

等到大功告成，那就不能算是滑翔翼，而是家用噴射機了。

我要好好琢磨設計。

◇

在王都郊外降落以後，這次不只是我，連蒂雅和塔兒朵也要喬裝。

為此，她們的妝還有裝扮都是由我來打點。

我還有準備假的身分證。我們都持有用於通學的身分證，然而這次的目的是要說服想算計我的那些貴族預先安排好的證人。

為防萬一，我們來到王都這件事可不能被人發覺。

「盧各，我討厭染頭髮耶。好擔心會不會傷髮質。」

「這妳不用擔心，我都有考量到。這是歐露娜的新商品。」

蒂雅的亮澤銀髮深得我喜愛，我不會做出有損其美麗的舉動。

這種染料原本就是為了讓歐露娜銷售而研發的。

染髮劑在貴族及有錢人之間有需求，為了掩飾白髮，或者將自身點綴得更美。

歐露娜的所有化妝品不只能用於打扮，長期使用就有養生效果也是其賣點，因此才能君臨頂尖品牌的寶座。

這種染料也一樣，其配方何止不傷髮質，還具有護髮的功效，因此廣受好評而賣得飛快。

「喬裝真厲害，蒂雅小姐給人的印象有了好大改變。」

這麼說的塔兒朵變成了紅髮，髮型則是長直髮。還用纏胸布綁緊胸部，化上大小姐的妝，印象跟平時截然不同。

塔兒朵那種莫名有親和力的氣質不見了，變得像貴族千金一樣。

蒂雅看了塔兒朵那副打扮，就照起鏡子端詳自己變成什麼樣。

「……欸，盧各，脖子以上也就罷了，不能讓我每天都維持底下的喬裝嗎？」

「不行，這只會讓妳感到空虛喔。」

蒂雅的喬裝是把頭髮染黑束起，而臉妝刻意呈現出膚質差，營造長雀斑的鄉村姑娘風格，然而衣服卻選了昂貴又裝飾過度的貨色。

無論怎麼看，都像從鄉下來到王都而自鳴得意的暴發戶千金。

平時那高貴又有如瓷偶的美已經不見蹤影。

將蒂雅美貌糟蹋掉的喬裝。

做到這種地步依然顯得可愛，應該是因為蒂雅太有姿色吧。

可是，蒂雅完全不在乎這一點，眼睛只注意脖子以下，主要是胸前的部位。

因為我替她塞了胸墊讓上圍變豐滿。

「盧各，這是假的吧？難以置信耶。欸，讓歐露娜賣這個嘛，絕對有銷路喔！如果有賣，我一定會買！」

「……或許可以。」

在胸前塞填充物這種事，上流階層也有人會做，不過品質都挺粗糙，坦白講輕易就能看穿。

雖然說穿上質料厚的禮服多少能掩飾，但質感與真貨差太多，會顯得不自然。

以這點而言，我製作的胸墊搭配專用胸罩，看起來可就真假難辨。因為形狀與質感都完美無缺，我有自信摸了也不會穿幫。這是做來暗殺用的，成本被置之於度外。

「好精緻耶，又軟又會晃，唔哇，好好喔。還有，有幾句台詞我一直想說說看！『胸部大就容易肩膀痠，很累人的。』『跑步的時候晃來晃去，會害人失去平衡，而且被拉扯的感覺很痛喔。』『這種身材只會礙事呢。』」

蒂雅得意地接連談起有關胸部的牢騷。

話說得煩厭，臉色反倒心滿意足。

塔兒朵的臉不知怎地越來越紅。

這麼說來，蒂雅的用詞和語氣似乎跟塔兒朵有幾分相像。

「蒂雅小姐，妳好過分喔！那都是我講過的話嘛！」

「呵呵呵，回敬妳的。有缺憾的人聽了那些話是什麼心境，妳就好好體會我的憤怒吧！」

幾近完人的蒂雅只有這麼一個心結，就暫時隨她去吧。

我一邊看她們倆嬉鬧一邊替自己喬裝。

「好了，我們走吧。小心別弄丟假造的身分證，沒那個就進不了王都。」

「……請問，你真的是盧各少爺吧？不管怎麼看都像可愛的女孩子。而且打扮起來比我還漂亮，讓人內心有點受到刺激。」

「就是啊。盧各，連王都的派對上都沒有這麼美的人喔。」

我穿了女裝。

因為扮成女性對接下來的計畫比較方便。

我具備中性外貌，只要有一定水準的喬裝技術就能完美地扮成女性，而且我對演技也有自信。

在前世，我也有男扮女裝用美人計收拾目標的經驗。

「難道你做這種墊胸部的道具，就是為了扮女裝？」

「正是。我覺得遲早有機會用到，最能改變印象的喬裝就是改換性別。」

我也想過讓塔兒朵或蒂雅女扮男裝，但即使外表可以修飾，她們倆在舉手投足間也

不可能表現得像男性，大有可能引起他人的疑心，因此我就沒有採取這種做法。

我倒是可以表演出女性無心間的一舉一動。

「……做到這種地步，你該不會原本就有那種癖好吧。」

「對了，盧各少爺以前常常穿女性的服裝！」

「啊！盧各第一次跟我見面時，也是穿女裝耶！」

她們倆用懷疑的目光看過來。

「饒了我吧，那只是媽硬逼我穿的。」

「嗯，我懂喔。我都懂的，所以你儘管放心。」

「無論少爺有什麼癖好，我都會接受！」

我的頭開始痛了。

沒辦法，等工作告一段落，再讓她們倆領略我多有男子氣概吧。

為了取回我的名譽。

為此，我更要先將飛到身上的星星之火拍落。

因此我已經計劃好了。

Episode7

第七話　暗殺者灌迷湯

The world's best assassin, to reincarnate in a different world aristocrat

我們三個一起進入王都。

進入王都時，用的是專供貴族通行的門。

在旁人眼中，應該像不諳世事的貴族千金來王都觀摩吧。

畢竟裝扮一看就像暴發戶，明明強調出自己有錢，卻連一個護衛也沒帶。

就算王都治安良好，再怎麼說也太毫無防備，只能用愚昧形容。

儘管如此，我們全都面容姣好，十分引人注目。

暗殺者原本要表現得不引人注目，但這次為了達成目的，我才刻意招搖。

抵達王都後，我們在專做富豪生意的店用了午餐，接著就一邊閒聊一邊盡情觀光。

「剛才那頓午餐不錯耶。很久沒有在王都吃飯了，真是美味呢。」

「是啊，很美味呢。不過，價格實在好貴好貴。用這一餐吃掉的錢，我就可以做出一星期的菜了。」

蒂雅純粹地享用了這一餐，塔兒朵卻在意餐費，完全無法放寬心吃飯。

為了飾演闊氣又傻氣的貴族千金，我故意選擇那種店，一般所謂的觀光客剝皮店。熟悉王都的人絕對不會去消費。

……話說回來，塔兒朵的演技果真不行。早說過我們的設定是暴富貴族家的千金，她卻露出了本性。

「本小姐吃得很開心。每天都要講究端莊得體可就累人了，偶爾像這樣也不錯。」

塔兒朵和蒂雅似乎還無法適應我用女性口吻，笑容都有點緊繃。

我現在扮成了女裝，因此不只是口吻，從頭到腳包含嗓音、舉止皆以女性為準。蒂雅低聲吐露出「太無懈可擊反而讓人覺得恐怖耶」這麼一句話。

此外，我的服裝比她們倆低檔。

設定上是要好的千金三人組，但我的財力略遜一籌。而且從偽造的身分來看，我在三人當中屬於階級最高的貴族兼領袖。

之所以設定得如此繁瑣，是為了博取目標的共鳴。

我有身分卻沒有錢，對應到這次出身高貴卻家境窮困的目標。背景有所重疊是獲得共鳴的基礎。

「原本以為要進王都會很費事，沒想到這麼輕鬆。」

「是啊，居然有身分證就能通行了。」

「本小姐早說過吧，來王都觀光根本小事一件。我們可是貴族喲，要表現得更大方一點。」

我所準備的身分證打著他人名義，但是都確有其人。

為錢所苦的貴族多得是，只要亮一筆小錢出來，要他們轉讓身分證並不難。

「還有，為什麼我們要做這種不方便活動的打扮啊？穿著禮服走動很辛苦耶。」

「難得來王都觀光呀，不盛裝打扮怎麼行，會被人看扁的！」

順帶一提，我剛才的台詞是出於明明家境拮据卻又愛面子的設定。就算是貴族，出外觀光遊賞時也不會穿難以活動的豪華禮服，土包子才會那麼做。

「不只是因為那樣，對不對？」

我們目前是不諳世事的貴族千金三人組，在這種設定下，我不能直接回答塔兒朵的問題。

我使出風魔法，其名為【細語】。

可以把低聲呢喃的話語送到對方耳邊，或者讓對方嘴邊的聲音傳達過來的魔法。

即使音量小得他人再怎麼努力也無法聽見，我們依舊可以互相交談；而且我已經以使用這項魔法為前提，事先訓練她們倆學會幾乎不動嘴唇，音量也細微得不會被任何人聽見的講話方式了。

在旁人眼裡看來，只會覺得我們正默默地走著。

『出庭作偽證的那個男人將舉行派對，我們預計混入其中。我會在那裡花言巧語迷倒那傢伙，並且跟對方獨處。扮演傻氣又得意忘形的鄉下貴族就是為了這一點。』

『……盧各，由身為男性的你來執行這項作戰計畫，感覺滿令人受傷的耶。』

『我最適合扮演這種角色。何況我也不想看妳或塔兒朵去勾引男人。』

『嘻嘻，聽你這麼說倒是順耳。』

『我也覺得好高興。不過，少爺居然要代替我們去跟男人做這做那……想像起來就讓人忍不住吞口水。』

『不，我的目標只有讓對方帶我進房間喔。』

『啊哈哈，說得也對。那我放心了。』

不知道為什麼，塔兒朵嘴上說放心，語氣聽起來卻好像覺得失望，這該不會是我的心理作用吧？

我會故意幫蒂雅化有損魅力的妝，又讓塔兒朵藏起巨乳，就是要避免她們在性方面成為別人下手的目標。

話雖如此，扮成醜女就會被認為不配出席派對。

因此，我只讓她們魅力減半，藉此維持在可以受邀參加派對，又不會被男人盯上的水準。

反觀我則要負責迷倒目標，就細心裝點過全身上下。

（或許我太節制了點。）

塔兒朵就算少了豐滿胸部，依然充滿魅力又可愛；蒂雅就算膚質變差還長出雀斑，也還是美少女。之前應該讓她們的吸引力多打點折扣才對，我感到後悔。

『明明開派對要花不少錢，對方居然能三天兩頭舉行，還真是手頭闊綽的貴族。』

『一般都會這麼想，但是那傢伙不同，他反而是為了拓展財源才開派對。』

『請問，辦花錢的派對為什麼可以拓展財源呢？』

對貴族而言，派對是頭痛的來由。

每逢喜事節慶都免不了要舉行，若是被看出吝嗇的一面，名聲就會掃地，更會影響自己的飛黃騰達。為了面子而把領地經營到垮台的貴族也大有人在。

正因如此，她們倆對於開派對能拓展財源的說法都抱有疑問。

『對下級貴族或大財主來說，出席名門貴族舉辦的派對這件事本身就是可以沾光的頭銜，許多人寧可花大錢也要參加，目標則是家道中落的名門。為錢而苦的貴族，就會用以往的聲譽來換取金援。』

『唔哇，出賣貴族尊嚴的一方固然可悲，自認可以用錢買到那些美名的富人感覺也好有問題。』

蒂雅曾為顯貴，對於這種事更感到厭惡。

即使有錢，也買不到格調及傳統。

所以，大財主要買的是自己跟知名貴族有來往的事實。

從貴族社會的角度來看，跟沒落貴族來往當然只會落人笑柄，但既然財主之間會把這當成互相秀優越的材料，貴族內情如何也就無所謂了，有頭銜就好。

『少爺，我還有一點覺得好奇。為什麼你之前說扮女裝比較方便呢？』

『說到這個嘛，對方似乎被參加派對的富豪們交代過要多找美女出席，還指定要身世良好的貴族千金，因此忙得不可開交。那傢伙在貴族社會的負面風評已經傳開了，所以一般貴族不會理他。畢竟派對上聚集的全是以為有錢什麼都能買的土財主，帶女兒出席，難保不會被他們當娼婦對待。妳們覺得開派對的那傢伙看到有未經世事的可愛女生三人組來王都觀摩，會有什麼念頭？』

『……會想把我們都拐去參加派對吧。』

『可是少爺，對方會發覺我們到王都了嗎？』

『已經布局完成了。掌握到這次情報的男人是我安排在王都的耳目，他也是貴族，跟我們這次用到的身分證原主有親戚關係。所以我派了那男的去通風報信，讓目標知道他的親戚中有貴族千金偷偷帶了兩個朋友要來王都玩。不出所料，目標就這麼上鉤了。約莫再過十分鐘便是我們約好的時間。』

進行暗殺之際，最重要的就是布局。

殺人只在一瞬間，然而成敗決定於事前做了多少準備。

我徹查過目標的情報，也制定了萬全的策略。沒錯，一如往常。

◇

位於王都東側的噴水池是觀光名勝，常受到利用。

我叫王都安排的耳目在這裡等。

看向懷錶，約好的時間已至。

人快到了吧。

「噢！露，妳已經到了啊？那邊的女孩是妳朋友？」

露是我扮女裝用的名字。將金髮推短的爽朗男子揮著手跑了過來。

這傢伙叫羅伯特，子爵家的次男。

憧憬英雄的羅伯特是我的信徒……而在他身後，有我要說服的目標。

拐騙傻氣而未經世事的貴族千金，讓她們參加派對供大財主觀賞的男人。

「好久不見，羅伯特哥哥。真不好意思，你明明忙著工作的。」

「這是為了我可愛的表妹嘛。她們倆是妳的朋友？」

「對呀，她們一直說想跟羅伯特哥哥見個面，名字叫托爾黛和媞兒。」

「初次見面，我是托爾黛，露跟我提過您的事情。」

「我叫媞兒，今天請你多指教嘍！我一直很期待來王都觀光呢。」

「妳們三個都好可愛，大哥哥當導遊可來勁呢！」
塔兒朵自稱托爾黛，蒂雅則自稱媞兒。買來的身分證上就是這些名字。
我跟羅伯特像十年來的老交情一樣，感情和睦地無話不聊。
不管怎麼看都像要好的兄妹。
演這種戲，是為了讓羅伯特身後的目標信任我方。
（羅伯特果真有用。演技自然，腦袋也靈光，都能察覺我這邊的用意將對話順暢地接下去。）
那麼，展現出我們感情如此要好就夠了……動手吧。
「羅伯特哥哥，請問那一位跟你認識嗎？」
「啊，抱歉，他是我朋友，準備邀請妳們走進社交界的王子大人。露，妳說過自己很嚮往那樣的交際場合吧。」
「社交界？真的嗎！」
目標為了滿足那些財主的需求而想找貴族千金，其眼裡有著安心之色。
這樣總算能回應財主們的期待了。
他被眼前的餌迷了心竅，甚至不懂得懷疑我們。
目標開口說道：
「關於這一點就由我來說明吧。我是葛蘭・法蘭多路德，伯爵家之主。希望能邀請各位到我所主持的社交界，請務必賞臉。」

在這個時間點，我已經達到七成目的了。

好啦，來假裝上當吧。

「您年紀輕輕卻這麼有為啊。哎，王都的社交界……想必有亮晶晶的吊燈在舞池裡散發光芒！還有悠揚音樂搭配優雅舞蹈……啊，對不起。呃，那個，我的領地是在鄉下地方，都沒有華美燦爛的事物能欣賞，所以我對那些感到嚮往。」

「不會，別放在心上。若能讓妳如此開心，也不枉我這番邀請。妳想見識的吊燈、舞池、悠揚音樂與通曉舞蹈的上流人士，全都能在派對上見到。請盡情享受吧。」

「謝謝您！呵呵，托爾黛、媞兒，本小姐沒說錯吧。來王都遊賞果然該好好打扮！這不就讓王子大人一見傾心了嗎？」

「幸運的是我，畢竟能跟這麼美麗的幾位千金小姐認識。」

我開朗地微笑。

我重新回想目標的個人情報。

葛蘭．法蘭多路德伯爵，年齡二十過半，卻如方才所言，他已是法蘭多路德伯爵家的主宰。

我跟魔族交戰的那天，他碰巧在場，才被選來作偽證。

另外，法蘭多路德伯爵被選上的理由不只如此。只要能重興家業，這個男人什麼都肯做。故幕後黑手認為只要砸錢，什麼都有得談。

法蘭多路德伯爵家是因為上代當家無能，導致門風衰敗。

傾心於收集藝術品而揮霍過度，卻又割讓領地來籌措資金，使得收入節節下滑。

照那樣下去，家族應該就走上絕路了吧。

所以他決定殺害父親，自己成為當家以拯救家族……並且付諸實行。

後來法蘭多路德伯爵變賣亡父收集的藝術品，打算重整財務，卻在鑑定後發現那些幾乎全是贗品，賣不了多少錢，連先前借款的利息都付不清。

於是他就著眼在法蘭多路德伯爵家的名號，想利用家名來招納財主。

我個人不討厭這種作風。

有決心與執行力，所作所為合乎於理。

他採用的方法汙穢骯髒。然而，我也能理解他只剩那種手段。最重要的是，他成功讓法蘭多路德伯爵家存續下來，借款也減少了。從結果來看，他是對的。

「托爾黛、媞兒，妳們也要向他道謝。王都的派對，妳們也想參加吧？」

「誠摯感謝您。」

「哇啊，王都的派對耶，好令人雀躍。」

蒂雅的演技略嫌生硬，但在容許範圍內。

法蘭多路德伯爵笑了笑，對我方不顯懷疑。

他眼裡的想法藏也藏不住，那是瞧不起人的眼色。

……對方應該正在想「鄉下的暴發戶都不知道自己被騙了呢」。

他不曉得被騙的是哪一方。

我認為最好騙的人就是深信自己已經騙到我的人，輕視會造成思考的破綻。

就這樣，我一面與法蘭多路德伯爵閒聊一面逐步試探。

然後，我從中有了新的發現。

我現在的模樣似乎符合法蘭多路德伯爵的喜好。

好色的目光都集中於我。哎，畢竟我先從羅伯特那裡問出了他的喜好，以便打扮成這副外貌。

無論髮色、髮型、服裝、語氣、舉止、香味、談吐都合他喜好。

即使身為貴族的位階較高，卻自卑家境不如身邊姊妹淘富有，都在撐門面。像這種容易引起共鳴的背景設定，我也不忘暗中表示。

我就這麼一邊跟對方閒聊一邊根據新得到的情報做微幅調整，讓自己變成更合他喜好的女人。

（試著交談以後，就能清楚了解到這傢伙的為人。）

這男的希望受到尊敬。

他被那些正常貴族瞧不起，當成出賣貴族尊嚴的蠢貨；還被財主們用錢任意使喚，卻只能巴結對方而毫無他法。

明明嘔心瀝血用盡了手段也想重振邁向衰敗的家業，到頭來卻連親人都對他反感。無法獲得任何人認同的他一直苦惱著。

在這種情況下，有個未經世事的貴族千金對自己表露羨慕之意，應該很是快意吧。一句客套話就讓他喜上心頭了。

再多奉承幾句，他自會帶我進房間才對。

只要能兩人獨處，我就可以把這個男的變成傀儡。

「那麼，請幾位小姐由此上馬車，我將帶各位到自己的屋邸。對了，記得妳們是來王都觀光，我們多繞一段路吧。」

「哎呀，真棒，您好貼心呢。王都的紳士都這樣嗎？跟我所知的男性氣質完全不同喲。」

「哈哈哈，倒不是每個人都像我這樣，但我至少不會對女性有欠體貼。」

他心情更好了。

原來如此，不能光是誇獎，要稱讚他比別人更優秀才能得其歡心。

那與自卑感應該是一體兩面吧。討這傢伙高興的詞，要多少我都講得出來。

跟財主們氣質有別；並非空有頭銜，而是貨真價實的貴族，諸如此類。

我要不停灌迷湯，把平時讓這傢伙受氣的那些人都拿來當成抬舉他的比較對象。

「法蘭多路德大人，能不能請您在派對上與我共舞呢？我想跟您跳舞。」

「真是位積極的千金。好啊，若我有此榮幸。」

上馬車之際，他只有伸手為我領路，其他兩人都交給部下伺候。

第一階段成功。

在初次見面就給對方好印象，而且沒讓他染指塔兒朵和蒂雅。

所有人都搭上來以後，馬車駛離。

這狀況有意思。雙方都是認為對方已經上當的騙子。

互騙的形勢不用多久便能了結。

再過半天應該就可知道誰是最高明的騙子。

Episode8

第八話　暗殺者起舞

The world's best assassin, to reincarnate in a different world aristocrat

法蘭多路德伯爵的王都觀光導覽做得相當出色。

他熟知王都的優點，口才好，又懂得體貼，舉止瀟灑俐落。

頗具貴族風範的貴族。

這一型的人受女性青睞。不過，問題在於其根底有著若隱若現的蒙選思想。

很常見的貴族至上主義者。

在貴族社會的負面風評讓貴族女子不敢接近，他的自尊心也不允許自己跟平民女子有染。

正因如此，他才會淪於孤獨，渴求別人的讚美。

非常容易理解。

我可以任意走進他內心的缺口。

「露，妳喜歡王都嗎？」

「王都實在是個好地方呢。將來我想住在這裡。」

「那麼，妳要來我的身邊嗎？」

「呵呵，您好會說話。」

我一邊在口頭上迴避，一邊卻紅著臉朝對方投以崇拜的目光。

因為我明白這類舉動能觸及這個男人的心絃。

接著，我們悄悄地將手湊在一起相望。

「露，妳是位迷人的女性。我本來只是想打趣，卻差點動了真情。」

「哎，剛才那句話果然不是認真的。法蘭多路德伯爵，您真狠心。」

我們害臊地相視而笑。

少女漫畫般的青澀氣息流過。

感覺到視線的我轉頭看去，就發現塔兒朵和蒂雅眼裡一片冷漠。

……我又不是心甘情願在演這種戲，何必用那種眼神看我。

就這樣，馬車直接駛向法蘭多路德伯爵的屋邸。

◇

抵達法蘭多路德伯爵的屋邸後，我吃了一驚。

不愧是曾經的名門望族。

王都裡少有貴族能擁有這等豪邸。

重金建成的宅第多不勝數，在這裡卻能感受到歷史與傳統的分量。

法蘭多路德伯爵家所留下的最後財產。假如法蘭多路德伯爵並未弒父，更沒有千方百計重振家業，這座屋邸應該早就交到別人手上了。

我毫不保留地稱讚屋邸。

屋邸是他身為法蘭多路德家之人的榮耀，稱讚這裡如同稱讚他。

「這座屋邸本身就象徵著法蘭多路德伯爵家的歷史。我就算用盡手段，也會保護好這裡……哪怕被別人在背後指指點點。」

或許是我的逢迎技巧讓對方樂得忘了形，他流露出真心話。

作偽證陷我入罪，大概也是用來保護這座屋邸的手段吧。

「您說的用盡手段聽起來真聳動呢。當中有何含意呢？」

「哈哈，這事細談就沒意思了。重要的是，派對快要開始嘍。我會提供房間給妳們幾位，請先稍事休息。」

「承您美意。那麼，派對上再見。」

我微微一笑，然後往他提供的房間移動。

◇

進房後，我先檢查室內。

我仔細確認是否有可以從外竊聽的構造。

敲打牆壁確認其厚度，確定聲音並不會外流以後，才准許塔兒朵和蒂雅露出本性講話。

「真不敢領教耶。你居然那麼輕易就把男人玩弄於股掌之上，我都差點失去身為女人的自信了。」

「被少爺用那種方式對待，任誰都會迷上的。」

「……我只是把這當工作在處理啦。」

儘管她們都沒有明說，眼裡卻藏著懷疑，因此我先聲明了一句。

「我曉得啊。可是，看了有點害怕耶。居然那麼容易就能將男人玩弄於股掌之上，表示我們也……」

蒂雅說到一半便打住。她後面要講的是「一樣會因為演技而喜歡上你」。

我確實也懂攻陷女性的技術，那比扮女裝攻陷男人容易得多。

「我在妳們面前並沒有用演技喔，我希望跟妳們倆一直在一起，即使靠演技或技巧得到妳們的好感也沒有意義。那很累，而且無法持久。展現出本性還能彼此喜歡，那才有意義。我們的關係就是這樣吧？」

假如只限於這個場合，我可以讓自己扮演成比以前更討塔兒朵和蒂雅喜歡的男人。

可是，非得那樣粉飾的關係是虛假的，遲早會露出破綻。

「啊哈哈，原來如此。嗯，太好了。盧各，我最喜歡現在的你。」

「少爺，我也一樣。呵呵，因為想一直在一起才不掩飾，聽起來真美好。」

「謝謝妳們。」

「你突然道謝是怎麼了？」

「呃，沒特別理由，我只是想說一聲。」

「少爺真奇怪。」

這是感謝她們肯喜歡原原本本的我。

……因為難為情，我就沒有打算解釋。

「好了，派對就要開始。過來這邊，我幫妳們倆補妝。」

「交給你嘍……盧各，下次教我化妝的技巧。」

「我也想學習。畢竟少爺的化妝技巧何止比我們好，連夫人都比不上。」

「行啊，我教妳們。這是喬裝也會用到的技術。」

「好耶。呵呵呵，看到盧各比我們美，說起來就是令人不甘心！」

原來是因為這樣啊。

在我看來，倒覺得蒂雅比扮女裝的我美多了。

「嗅嗅。我從剛才就覺得好奇，你身上有股甜甜的香味耶。這是歐露娜的新款香水？我可能不太喜歡。」

「我也覺得好奇，少爺身上的味道好像在哪聞過。蒂雅小姐說得沒錯，聞起來甜甜香香的，卻不太吸引人。明明歐露娜的產品每一款都很迷人，為什麼選這種香水呢？」

她們倆給的評價都不好，但是這也難怪。

因為這是對女性不具意義，對男性卻能發揮驚人效果的道具。

「要說的話，當然是因為這最具效果。塔兒朵，妳【獸化】後的副作用，就是吸引男性的費洛蒙會散發個不停吧。這是我萃取那種分泌物才製作出來的成品，女性聞了會感到不快，男性聞了卻會被勾起情慾。」

塔兒朵【獸化】後的費洛蒙強烈得連能完全掌控精神的暗殺者都會失去分寸。

春藥及催情劑固然有許多種類，但是都沒有這麼強大的效果。

正因如此，我已經先保存了原料已備不時之需。

「盧各，你實在太認真了啦！居然這麼想攻陷男人！」

「真、真不好意思，盧各少爺竟然把我的味道擦在身上，嗚嗚嗚～～太過分了，盧各少爺～～」

她們倆的態度正好相反，卻都是在責備我。

糟糕，我並不該揭曉其中原理嗎？

「總之，派對的時間到了，我們走吧。」

我苦笑著強行打住對話，並且前往會場。

◇

幾小時前開始的派對已進入佳境。

儘管我有【超回復】技能，卻已經十分疲憊。

客層太惡劣了。

無一不是暴發戶，全是些自以為有錢什麼都能買，也毫不掩飾這種觀念的人。

當然，這並不代表暴富的財主就會品格低劣。

問題單純出在參加這種派對，還認為錢能買到尊嚴或格調的人身上。

而且因為招待的都是蠢貨，派對也就辦得偷工減料，用假貨與廉價品充數。

比方說，請來演奏配樂的交響樂團屬於二流；擺出來的菜色則用了高級食材⋯⋯的假冒品，拿深海魚瑪洛鱸的卵佯裝成昂貴魚子醬只能算是小意思，紅酒瓶身標示的年份僅供參考，瓶裡裝的根本是隨處可見的廉價酒。乍看之下，現場似乎備齊各種高檔貨色，其實統統都虛有其表。

「嗚嗚嗚，我第一次見識到這麼糟糕的派對耶。」

「啊哈哈，呃，讓人有點難以置評呢。」

蒂雅和塔兒朵都覺得吃不消，瀕臨極限了。

一直有人毫不客氣地對她們投以下流目光，用言語性騷擾，尤有甚者還表示要付錢找她們上床服侍。

為了讓蒂雅和塔兒朵休息，我們退到大廳一隅躲避。

然後，當我望著大廳裡的景象時，跟接待那些財主的法蘭多路德伯爵對上了目光，他便來到我們這裡。

「露，讓妳久等了。按照約定，能請妳與我共舞嗎？」

「好啊，樂意之至。」

我用目光做指示，要蒂雅她們在這裡等，然後就牽起對方的手，留下另外兩人來到舞池中央。

「我很抱歉。沒想到那些人竟會失控到這種地步，害妳和幾位朋友留下了不愉快的回憶。」

「這不是伯爵該介意的事，錯在那些人身上。不過，看來您是有別於那些人的紳士呢。與您共舞，會讓我連心都跟著躍動起來。」

「能聽見妳這麼說，我寬慰多了……那些財大氣粗的豬玀真是無藥可救，非得利用他們的我也一樣……哈哈，對不起。露，不知道為什麼，我在妳面前就會吐露出真心與喪氣話，明明我都沒有對任何人提過這些。」

法蘭多路德伯爵自尊心強，無法對人示弱。然而，他同時也無比希望能對人訴苦。

因此，只要有願意接納一切的人出現在眼前，他連心底的想法都會輕易傾吐。

引誘男人的香水；我的話術；反映他喜好的外貌、嗓音；能展現自身吸引力的舉止儀態；方才在酒裡下的藥，這一切已將他內心的鎧甲擊碎。

「您是個堅強的人。」

「……說我是堅強的人嗎？第一次有人對我如此置評。」

「我只是表達出真心的想法而已。從您身上感受得到堅強的意志，像這樣的人，我並不覺得討厭。我猜呢，您肯定是在做壞事吧……不過，敢於玷汙自己的手來維護珍惜之物，我認為是相當難能可貴的情操。」

「令人動容落淚。或許我一直希望有人能告訴我，我做的並沒有錯。」

他露出微笑。

之後這支舞仍繼續跳了下去。

曲終放手後，他看似不捨地凝望我的手，準備要說些什麼。

此時，有頭豬……更正，有個財主跑了過來。

那頭豬推開法蘭多路德伯爵，硬是抓住我的手，還動手撫摸。

「下一個舞伴換我！辦事不牢的你這次倒找了個美人胚子。好細緻啊，這就是貴族的手，跟平民果然有差別，不枉我花了大錢。」

……我起了點雞皮疙瘩。

所謂的貴族有其特別待遇。

實際上，他們具備魔力，能力超乎常人。

此外，容貌出色者更不在少數，據說有一種論點就質疑：那會不會是魔力實現了他們潛意識中希望變強、變美的願望？

而且有小部分的富豪會靠著任意使喚這類非凡的人來取悅自己。

他們認為自己能用財富支配具備魔力的貴族，便是更加非凡的存在。

財主們嚷嚷著要找貴族千金參加派對，目的就在這裡。

「沙特爾兄，她嚇得不知所措了。請你紳士一點。」

「你這是在對我出意見嗎，法蘭多路德伯爵？」

法蘭多路德伯爵目睹我排斥的模樣而想插手阻止，卻變得噤聲不語。

原來如此，表示對方是主顧之一。

那我就趁機演齣戲吧。

既然被人吃這種噁心的豆腐，總得討回本才行。

首先，我望向法蘭多路德伯爵，表現自己感到恐懼，想向他求助，於是他央求似的看了我。

他的表情正如此訴說：拜託妳，陪這男人跳舞。

接著，我在一瞬間顯露絕望之色，然後才下定決心點頭。

一連串戲碼呈現出戀愛少女懷有「雖然痛苦，但我會為了你付出」的奉獻精神。

「那、那就麻煩您陪我舞一曲嘍，伯伯。」

「連聲音都好可愛啊，我會手把手地教妳跳。」

就這樣，我被迫跳了一支活受罪的舞。

對方把臉貼近，還毛手毛腳地摸我屁股。

……我第一次在盧各的人生中跳這麼不愉快的舞。雖然前世還有更悲慘的體驗，但我會這麼難受，應該是因為今生的我已為人類，而非道具。

活得像個人似乎也有壞處。

◇

勉強撐到派對結束了。

人生中最糟的一場派對。

那個土財主跳完舞以後還逼我當他的情婦。

對方實在太纏人，費了我一番工夫拒絕。

光是這樣我還能忍受。然而，那傢伙還對蒂雅和塔兒朵投以骯髒的眼神及言語。不可饒恕。我要讓對方受報應。

他並不知道我認得他是什麼人。那傢伙是跟歐露娜做交易的商會老闆。原本商會差點就倒閉了，生意卻碰巧受到歐露娜的恩惠而急速成長。他們絕大多數的收入都必須倚仗歐露娜。

只要我有意願，隨時都可以讓他破產，歐露娜也不會因此蒙受損失。可取代他的商家多得是。

派對結束後，我讓塔兒朵和蒂雅去了法蘭多路德伯爵提供的房間。

只有我被法蘭多路德伯爵約到露臺獨處，就我們倆乾杯。

「剛才很抱歉，讓妳為了我與那種人共舞。」

頭一句話就是賠罪。

他完全迷上我了。

看來最後那段演技成功了。

「不，我是出於自己的意志才沒有拒絕他。因為我不想看你困擾。」

法蘭多路德伯爵溼了眼眶。

「……露，我絕對會脫離這種生活。再撐一段日子就好，撐過這段日子，我就會跟那些傢伙斷絕往來。這件事我只對妳透露，法蘭多路德伯爵家的財務將近破產，我非得利用那些傢伙籌措資金。但是再過不久，我就會得到一筆鉅款。我那無能父親欠的債終於能還清了，到時候，我就不會再讓那些傢伙恣意妄為。」

法蘭多路德伯爵的眼裡充滿熱情。

他已經醉了。

醉於酒。

醉於「露」這個由我詮釋的理想女性。

醉於用塔兒朵費洛蒙製作的香水。

醉於我在酒裡下的藥。

醉於新萌生的戀情。

……更醉心於他自己。

「所以，請妳與我廝守！我需要妳。只有妳，妳是唯一理解我的人。妳為我獻出了自己，我想與這樣的妳廝守終生。」

「何苦突然說這些呢。」

「我也覺得自己不對勁。可是，我無論如何都想要妳。錢一到手，我就能保護妳，還可以讓妳幸福！」

「……呃，讓我考慮一個晚上，不管怎樣我都希望好好想一想。」

「那麼，可以在明早給我答覆嗎？明天早上，我會到妳的房間守候。」

「好的，我承諾會在那之前做出答覆。不過唯有一件事，我想先告訴您。」

我把話斷在這裡，並且親吻他的臉頰。

法蘭多路德伯爵一臉呆愣地把手湊到被吻的臉頰上。

「我喜歡您。我對您一見鍾情，我覺得再也沒有像您這麼帥氣的人了。不過，我們到底是貴族，戀愛不能光憑感情。」

說完，我跑步離去。

如此他就無法忘記我這個人。

像這樣多少給對方一些障礙，情意與獨占欲就會隨之高漲。

那傢伙的心受制於露了。

露的戲份到此結束。

畢竟明天早上那傢伙到房間以後就會發現露不在，而盧各·圖哈德將以露的性命當談判籌碼說服他倒戈。

只要能讓心愛的露換回一條命，他連幕後黑手也會輕易出賣吧。

好了，回房間做最後收尾。

完成讓幕後黑手身敗名裂的棋局。竟敢害我如此大費周章而且不愉快，我要狠狠地跟主事者討回這筆債。

Episode9

第九話——暗殺者說服

The world's best assassin, to reincarnate in a different world aristocrat

我照計畫贏得了法蘭多路德伯爵的心。

若換成前世的我，應該會毫無感慨地淡然行事，這次卻相當痛苦。

為求互惠，幸好計策成功了。

我對自己用的美人計並未樂觀得有把握必成，還準備了預備方案，跟美人計相比惡毒好幾倍。

而我目前正在借宿的房間等他。

如今我已卸下貴族千金「露」的面具，換回了盧各·圖哈德的身分。

門被猛然推開。有格調的貴族不應如此失態。

由此可見，對方相當期待露的答覆。

「告訴我妳的答覆好嗎！」

一臉激動的他滿懷希望問道。

手裡還拿著美麗的花束。

「抱歉，你痴戀的女人不在這裡。」

我冷冷地告知對方現實。

「你怎會闖入我的屋邸！」

「勸你最好別嚷嚷……若是事情鬧大，那女孩就別想活命。」

我繞到呆愣的法蘭多路德伯爵身後，關上門，朝對方的背一推，他便踉蹌被我準備的椅子絆住，而後坐下。

「你到底是誰！」

「居然問我是誰，令人寒心。我就是你將要陷害的對象。」

那傢伙一時無言以對，只得轉開目光。

「為何？」

「『為何』是什麼意思？這句話是指我為何會發現你們在王都的圖謀？還是理應遠在圖哈德領的我為何會出現於此？或者說，我為何會查出是你要出庭作偽證？呃，難不成你在問我為何會曉得有個叫露的少女即將與你成為情侶？」

為了使談判有利於我，要讓對方感覺到我已經什麼都瞭若指掌。

實際上，我早已對大局掌握得差不多了。

法蘭多路德伯爵面色蒼白。

「來打個商量吧，法蘭多路德伯爵。可以的話，我想用紳士的方式解決。不過……

這次的事實在令人惱火。照你的態度，我不確定自己接下來會做出什麼事。」

我一面說一面扔出首飾。

那是我昨天扮成露配戴的飾品，為了加深印象，我當時還聲稱那是母親的遺物。

「那、那是露戴在身上的……」

「是啊，我認為她可以當談判材料，就先把她擄走了。」

「別開玩笑！她跟這件事無關！」

「不會無關，她跟你可是男女朋友……沒想到男方的愚蠢竟害她蒙受生命危險，真是個可憐的女孩啊，我同情她。」

「我跟她並不是情侶！」

「……別扯謊。派部下來擄人時，據說她呼喚的就是你的名字。首先我要告訴你，你掩藏不住內心的動搖。」

「我、我不會為她變節。為了法蘭多路德家，我連父親都殺了。就算自己有一兩個心愛的女人被擄，我也可以當場割捨。」

腦袋似乎不壞。

人質被擄時，最有效的談判方式就是讓對方認為人質並無價值。

畢竟只要有價值，就會受對方利用。

不過，他的演技無比差勁，大概沒經歷過這種耍狠的場面吧。

反觀我應付這種事就還算有經驗。

要「說服」他輕而易舉。

「原來如此，那我今天就先離開吧。明天，我會帶她的指頭過來當伴手禮。對了，你想知道她是否平安吧，要不要讓她用斷指滴下來的血寫信給你？我會每天送來這裡，直到她的指頭一根都不剩。」

我把臉湊到對方耳邊細語。

附上貨真價實的殺意。

他再嘴硬，平日生活仍與死亡離得太遠。

第一次接觸到無情世界和正牌暗殺者釋出的殺意。

這就足以剝下他虛偽的氣勢。

「慢、慢著。露還平安吧？」

「是啊，只要你不輕舉妄動，我保證會善待她。」

「你有什麼目的？你究竟想要我做什麼？」

「哦，看來你心裡都有數嘛。」

我想為對方鼓掌。

儘管他嚇得牙齒打架，卻還是沒有停止思考。

這傢伙有注意到我來這裡談判並沒有動手殺人，顯示我的目的並非報復。

對方既沒有趁現在跟我拚命，也沒有叫人過來，這都是對的。他也了解自己不可能制住戰力等同勇者的怪物。

「出庭作證之際，你要照我準備的腳本唸。辦得到這一點，我就將女孩還你。」

我隨手將信扔給對方。

他看了上頭所寫的文字便汗流如注。

「你叫我背叛卡洛納萊侯爵。辦不到！他是我的恩人。」

「……恩人是嗎？」

上頭寫的內容是要他當庭表白受到卡洛納萊侯爵脅迫，還被塞了一筆錢，只好出庭作偽證。

這次的幕後黑手是卡洛納萊侯爵，他打算嫁禍於我。

「如果在庭上做出這種發言，那就毀了。我會被卡洛納萊侯爵報復……他絕對不會放過我。」

「哎，不要緊，因為卡洛納萊侯爵會代替我入監。」

我扔出另一份資料。

資料上有被害者實際遇害地點的相關情報與證據，以及卡洛納萊侯爵指使附庸貴族搬運屍體的蛛絲馬跡。

……其實那是將部分真相經過大規模渲染的假資料。雖然說內容八九不離十，舉證所需的情報仍有欠缺。

即使如此，要騙一個視野因恐懼和緊張而變得狹隘的男人已經足夠。

先這樣就好。

此刻我安排於全國的諜報員仍在活動，就為了讓這份資料變得齊全。開庭之前便會更加完備。

話雖如此，就算資料夠完美，要將卡洛納萊侯爵逼到絕境還是差一步。之所以需要說服這男人，就是為了填補那欠缺的一步。

「這怎麼可能，為什麼你會查到這些，沒道理啊，畢竟這個計畫從起步到現在也才短短幾天，怎有手段能收集這麼多情報和證據，還找到我這裡？算起來不對啊！」

「你不曉得嗎？【聖騎士】乃由女神選召。女神都在枕邊告訴我了，祂說有阻礙我救世的敗類出現。於是醒來後，我已經在王都了。」

廉價得幾乎讓我笑場的謊言。

然而，壓倒性的情報傳遞速度與移動速度，兩項不合常理的事情合在一起，只讓人覺得是天神所為。

何況我以前將【誅討魔族】的術式昭告於世時，就利用過女神親傳神諭這種方便的名義。

只要是貴族，大多知道【聖騎士】盧各．圖哈德聽得見女神的聲音這件事。

「女神對我說過，凡有人阻擾救世，今後便得不到任何祝福……你的人生是不是就這樣完了？」

「我、我沒那個意思啊。我才沒有想過要阻擾救世，也沒想到會被女神鄙棄，怎會這樣……」

「不管你有什麼想法，實際上，你就是阻擾了被女神選來救世的我。」

那傢伙從椅子上滑落。

好啦，黑臉扮到這裡就夠了。

說服的基本在於軟硬兼施。

扮黑臉嚇過對方以後，也得扮白臉給點甜頭。

「然而，你只有一個方法能得救，那便是照我說的出庭作證。目前還來得及挽救。倒不如說，你幫我就是對救世有功，女神也會感到欣慰。或許，你在往後的人生依然能得到祂的祝福。」

「要我協助你救世？可是，可是我需要錢啊。如果卡洛納萊侯爵被逮捕，我的生意就……」

「錢我這裡有，你肯幫忙的話就給你。」

我從【鶴皮之囊】取出裝滿金幣的錢袋，讓他握到手裡。

這個國家已經開始用紙鈔了，但是與他國通商依舊會支付金幣，在國內也還是可以使用。

之所以拿金幣而不用紙鈔，是為了支配他的心。金幣的重量、聲音與光彩能讓人心狂亂，紙鈔就無法如此。

他變了眼神，並且打開錢袋確認內容物。

這算是不小的開銷，但通訊網已經完成，如今我想要多少錢都賺得到。

「好多啊，滿是金幣。」

「這筆錢是小氣的卡洛納萊侯爵跟你講好的三倍金額。藉此你父親欠下的債務就可一筆勾銷，你不用再聽命於那些財主。」

幕後黑手卡洛納萊侯爵犯了許多錯誤。

為了加快計畫進行，他用的全是些馬虎草率的技倆，處處都可以找出紕漏。

更關鍵的是，他在收買人心所需的金額上小氣。

收買最重要的證人只肯出千枚金幣，吝嗇狹量成這樣足以要他的命。

「啊……啊啊啊，啊啊啊！」

威嚇後給出的甜頭想必效果奇佳。

再推一把，就能讓對方的心完全屈服。

談判的基本固然是要軟硬兼施，但一流人物會在這時候另找切入點。

「你就用這筆錢換取自由吧。接下來，何不給點顏色讓欺騙你又剝削你的卡洛納萊侯爵瞧瞧？」

「那人騙了我？你指的是什麼？」

「難道你沒有發現？」

我無奈地聳聳肩。

「卡洛納萊侯爵收購藝術品又介紹財主讓你認識，對此你似乎心存感謝。」

「沒、沒錯，當時若沒有他買下那些藝術品……還介紹財主讓我認識，法蘭多路德伯爵家早就已經完了。」

這傢伙並沒有在跟我演戲，他好像真的把卡洛納萊侯爵當恩人。

可真是奇葩。

「……濫情也要有個限度。你父親收集的藝術品中含有贗品，但是，有九成屬於真貨，剩下那一成也是幾可亂真的贗品，自有其價值。」

「你騙人！我有找鑑定師確認。」

「那個鑑定師和卡洛納萊侯爵是一夥的。給你看個有趣玩意兒，我替你賣給卡洛納萊侯爵的藝術品列了張轉售後的下落清單。比方說，加拉太首飾目前落在德拉勒男爵家；弗拉托勒壺到了馬爾伊達子爵手裡；出自法蘭・富魯爾手筆的風景畫則是在富商巴洛魯手裡，全都是卡洛納萊侯爵高價轉售出去的。若你信不過我說的話，不妨親眼去確認。清單上總有一兩個你認識的人吧，你可以到他們府上拜訪，並且要求鑑賞。那些人都會喜孜孜地炫耀到手的寶物，還興奮地大談價格有多高喔。」

「這怎麼可能，難道說，真有此事？」

「你父親固然愚昧，卻真的有鑑賞文物的眼光。他蒐購來的物品具有高於定價的價值，只要你用合適的價格賣出，別說欠債，現在早成了有錢人。」

法蘭多路德伯爵的父親打從心裡愛好藝術品，正因如此，他以往都只蒐集一等一的貨色。身為領主雖是三流，以藝術品收藏家來說卻屬一流，連買到那一成贗品的事蹟都無損於他的丰采，因為那些全是水準更勝真貨的仿造品。他挑選美的東西不是靠知識，而是靠內心與眼睛。

「再提到那些轉介給你認識的財主，卡洛納萊侯爵都跟他們收了仲介費。那位侯爵可真是精打細算，他讓法蘭多路德家出賣尊嚴，自己又不用蒙受任何損失就能賺到錢。簡單說，你被噱了。這樣你能饒過他嗎？」

試著調查過這件事以後，我的嘴角湧上了笑意。

受騙還被剝削得這麼慘的案例並不常見。

法蘭多路德伯爵的腦袋好歸好，卻不懂世間險惡，又過於深信父親生前是個愚昧的人。

這使得別人敲詐他不費吹灰之力。

「……我怎會、怎會做出這種傻事……饒不了他，我饒不了他！」

「那就讓他受報應吧。這裡有真凶是卡洛納萊侯爵的證據，接著只要加一句證詞，卡洛納萊侯爵就會萬劫不復。而且等審判結束後，你就可以用這筆錢重新做人，跟獲釋回來的露共度人生。」

「報仇雪恨以後，錢與露都歸我所有，啊……啊啊，多麼地，多麼地美好。」

「你對拯救世界有功，女神的祝福定會降臨在你與露身上才是。」

「女神將寬恕我。我會在女神的祝福下，跟露獲得幸福。」

吞嚥口水的聲音傳來，法蘭多路德伯爵將錢袋緊擁在懷裡。

從恐懼獲得解放的他眼裡只看得見美好未來。

談判的基本是軟硬兼施……而我多加了復仇心這項要素。

法蘭多路德伯爵已是我的傀儡，他將照我的意思起舞。

這麼一來，在王都的工作就結束了。

趕快回圖哈德領吧。

接著，我要運用全世界的耳目與手足，將卡洛納萊侯爵逼上絕路，到審判當天，再一臉若無其事地陷害有意害我的傢伙。

我會讓招惹我的人在牢裡後悔一輩子。

Episode10

第十話　暗殺者遭押

The world's best assassin, to reincarnate in a different world aristocrat

工作完成，我便從王都回到圖哈德領。

我回來以後仍繼續用通訊網收集情報與證據。

而且能證實卡洛納萊侯爵才是真凶的資料，終於在昨天準備齊全了。

「勉強趕上啦。」

即時通訊網果然犯規。

如果要從全世界收集情報，光是對當地的諜報員下達指示，一般就要耗上數天，等待調查結果送達更要好幾天。

何況釐清新情報後，要調查的新目標就會增加，後續指示又得花幾天工夫，可以說曠日廢時。

正因為情報傳遞可以瞬間執行，我才能在極短期間內整理出這些資料。

支配情報者將稱霸世界。

不誇張，只要我認真活用這張通訊網，連世界都能納入掌中。

「我來找你玩嘍！」

房門被打開，蒂雅跑了進來。

她沒敲門並不是因為不懂禮節，而是我們倆有講好，不想讓人進來打擾時便鎖門，門沒鎖的話就表示可以自由進入。

「……看妳的表情，又創出新魔法了吧。」

蒂雅創出好魔法的時候，立刻會顯示在臉上。

「嗯，對呀，這次的可厲害嘍。來嘛，快幫我騰在紙上。你沒有寫出來的話，我就不能做實驗了。」

蒂雅得意地談起新魔法。

最近我有許多事要忙，無法抽空研發魔法。

新魔法都仰賴蒂雅了。

我教了許多可以沿用至魔法的前世技術給蒂雅，而她會將那些漂亮地昇華為魔法，有時還加上我想不出來的主意。

許多魔法都是因為有蒂雅才能問世。

「的確，這招有意思。」

「看你用通訊機和滑翔翼，我才想到的。未必要用在戰鬥才叫魔法嘛。有這套魔法會很方便吧？」

「是啊，相當不賴。」

我重新見識到蒂雅的天賦之才。

將術式像這樣搭配，是我想都沒想過的。

而且，這道術式……是為了接下來要在王都接受審判的我而創出的。她應該是怕羞才沒有說出口吧。

「咳，我問你喔，出庭準備得還順利嗎？敗訴的話，你就會變成罪犯吧。那樣我可是絕對不接受的喔。」

「可見的部分都有對策了，剩下就看對方握有多少我沒料想的底牌。」

「會有一場苦戰嗎？」

「有辦法應付。無論敵人準備了什麼樣的底牌，其主張與立論基礎都已經被我攻破了。」

「是喔，太好了。可是，有點令人煩心耶。像這種時候，我就幫不到你，還有之前去王都時，我也不太有表現的機會。」

我看蒂雅一臉過意不去，就對她搖搖頭。

「並沒有那種事，製作通訊機所用的術式是因為有妳發現其中規律才能夠完工。妳在王都不是也大肆活躍了一番嗎？」

「盧各，我不記得自己做過什麼耶。」

「那傢伙認為可以帶三個貴族千金到派對，就跑來找我們了。妳們倆都將陪襯的角色扮演得很好。」

「關於這部分，你再說清楚一點！」

「我不是刻意用化妝和禮服讓妳們的魅力打折扣嗎？還避開了那傢伙的喜好。那是為了保護妳們倆，也有算計到三個人站在一起就能突顯我的美。不僅如此，我時時都有表現出關心、保護妳們倆的舉動。有心這麼做的女人合乎他喜好，讓我爭取到了分數。人的魅力是依附於感性而且相對的，活用他人陪襯自己是基本工夫。」

這是施展美人計的技巧之一。

故意安排不合目標喜好，等級也比自己低一階的女性在身邊，藉此營造對比，突顯本身的魅力。

「聽你這麼說，我都不知道自己該高興還是不甘心了！總之，以後儘管向我們求助嘛。誰教沒有人顧著的話，你總會一個人扛起所有事。」

「有嗎？我倒覺得自己滿依賴妳的耶。」

「你還可以依賴得更多啊，我可是你的姊姊。」

「雖然現在成了妹妹。」

「唔～～」

蒂雅鼓起腮幫子嬌聲嬌氣地苦笑。

我受了蒂雅多少幫助，她自己並不知道。

「那麼，接我的人似乎到了。麻煩妳看家。」

望向窗外，有輛漆成烏黑的馬車停在屋邸前。

只有執行特務的官差會用那種馬車。

換句話說，來者負有押送犯罪嫌疑人的職責。

「你到了那裡要加油喔。」

去王都的就我一個。

我將被押送，因此不允許他人陪同。

再說，到那裡以後，蒂雅和塔兒朵幾乎是無能為力的。

當我為了迎接官差準備起身時，有一道人影趕到房裡。

是喘著氣的塔兒朵。

「呃，盧各少爺，這讓你帶著！」

她給了我一只大提籃。

提籃裡飄出香甜的氣味。

「這是可以保存一段日子的甜麵包！我想少爺到那邊以後可能沒辦法正常用餐，所以就烤了這些麵包。少爺，路上請保重。」

打開籃蓋，裡面是揉麵團時摻了大量酒漬果乾與堅果烤出來的口糧麵包。

以前我和塔兒朵進行求生訓練之際，就曾經要她做這種麵包當口糧。

原來她還記得當時的食譜。

塔兒朵準備了求生訓練時做的麵包，或許是在許願祈求我生還。

「那我就欣然收下嘍。」

是我疏忽了，這類糧食也是有必要的。

我會被當成嫌疑犯押送到案。

目前仍屬於涉嫌階段，照常理而言並不會受到太糟的待遇。

可是，這次的事有違常理。既然有人想要貶低我，從對方的立場來想，或許會為了剝奪我的判斷力而買通官差刁難。

折磨嫌犯，不供應食物，剝奪其氣力，藉此在審判前讓人陷於無法正常抗辯的身心狀態，這是對方必定會用的手段。

我心存感激地將審判用的資料與提籃一起收進【鶴皮之囊】，再將【鶴皮之囊】摺疊起來，裝到以原創魔法製造的塑膠袋替代品當中，然後吞入體內。

因為【鶴皮之囊】摺疊後會變成手掌般大，我才能玩這種把戲。

「欸，盧各，那只皮袋很貴重吧，你吞下去沒問題嗎！」

「就是因為貴重我才這麼做。只要稍加訓練就可以把東西存放在胃裡，而且隨時都能夠取出。既然對方打算讓我吃苦頭，八成會沒收隨身物品，所以得藏起來才行。」

「嚇到我了，你居然還有這種特異功能！」

此外，像直腸也很容易藏東西。

這算是挺普遍的技術，好比間諜會把通訊器藏在屁眼，黑道則會把毒品藏在身體裡通過海關。

「少爺真是厲害……啊，我又搞砸了。」

「怎麼了嗎？」

「像少爺這樣有【鶴皮之囊】的話，我可以改做更柔軟好吞嚥的麵包，就不必準備口糧了。」

塔兒朵慌得連聲自責。

她烤的麵包確實與德式聖誕麵包類似，為了長期保存而水分較少的硬麵包。

「不要緊，這有這的美味，我會心存感激地享受……妳們倆聽好，我大約一週以後會回來。妳們在那之前不把課題完成，我會發脾氣喔。」

為了盡量少讓她們操心，我打哈哈地說。

「嗯，我會完成的！」

「我也會學成給少爺看！」

我不在的期間，什麼事都不交派可就浪費了。

所以，我給她們出了準備已久的作業。

等我回來的時候，她們倆都將大有成長吧。

◇

家門被官差匆匆敲響。

平時是由傭人出迎，但今天我會應門。

「請問有何貴事？」

「盧各・圖哈德在嗎！」

眼前的男子是中年人，個頭比我還矮一點。儘管擺著威風的派頭，卻給人卑劣下流的感覺。

「我就是。」

「日前信已寄到了吧。我將以殺害馬列托特伯爵的罪嫌押送你到王都。」

不用說，信根本沒有寄達。

為了陷害我，對方已經安排好事故讓我收不到。

我故意裝成什麼都不知情而顯露動搖。

我沒有收到那種信，我不明白你到底在說什麼，肯定有什麼誤會——我當場對官差這麼嚷嚷。

我一邊演戲一邊觀察對方的反應。

若是普通的官差，應會認為狀況有異而進行說明。

然而，如果這傢伙已經被收買……

「太難看了，你這殺人犯！快點跟我走！」

對方拔出腰際的佩劍，並且出言恫嚇……嘴邊還浮現嘲弄的笑容。

這傢伙明白我不可能收到信。

「我跟你去，為了證明我的清白。」

話說出口的瞬間，對方就動手揍我。原來如此，因為要押送貴族，執法單位似乎就選了具備魔力者擔任官差。

我早料到他會動手，而且這一拳太遲鈍，要在打擊的瞬間扭頭減輕力道是輕而易舉的事。

看似硬生生挨打，但幾乎沒有造成傷害。

儘管如此，我仍跌坐在地上，還擺出恐懼的表情用手扶著臉頰。

「號稱聖騎士也落得這副慘樣！你那是什麼叛逆的眼神？看起來絲毫沒有反省啊！抵達王都以前，我會好好對你管教疼愛一番！」

隨你囂張沒關係。

之後再來算這筆帳。

◇

搭乘馬車之際，我被綁住雙手，纏上矇眼布。為避免我唱誦魔法，甚至讓我戴上了口銜。

而且正如先前所料，私人物品全被沒收了。

即使說是全部，對方也只有在可見的範圍內簡單搜身檢查，疏漏百出。

負責監視我的官差有二，兩者似乎都被卡洛納萊侯爵收買了。

搭上馬車後的發展也都不脫想像，惹人發笑。

他們倆把我罵得狗血淋頭，到用餐時間就手滑打翻我的那一份餐點，還故意用鞋子踩。

如此對我的官差從剛才就睜著眼睛，全身鬆弛無力，處於失神狀態。

我在那兩人的圍繞下將捆住雙手的鐵鍊解開，並且摘掉口銜。

接著，我悠然取出【鶴皮之囊】，享用塔兒朵為我做的麵包。硬歸硬，吃起來倒還算潤口，內餡包滿果乾與堅果的豪華滋味。

籃裡還擺了裝著溫熱湯品的水壺，令人感激。

溫熱的湯讓有所不平的心境逐漸緩和。

「好喝。塔兒朵的手藝又進步了啊。」

幸好塔兒朵有讓我帶著餐點上路。

既然肚子填飽了，我便重新讀起出庭用的資料。

我已經做到這個分上，官差們卻只是偶爾喃喃自語或發出噁心呻吟，手指頭還隨之發顫。

之所以如此，是因為我用針在他們頸子上打了藥。

憑這些傢伙的本事，不可能發現暗殺者認真藏起來的暗器。還有，光是雙手雙腳被綁住，並戴上矇眼布及口銜，也不足以讓我發的針失手。

我給他們倆打的藥是為防萬一而預先調製的強效自白劑。

這玩意兒效力過猛，施打者將分不清夢境與現實的界線，還會睜著眼睛作夢，沉浸在以己為尊的幻夢中。

聽他們發出的自言自語，似乎正忙著在夢裡折磨我。

既為富有貴族又是下任當家，外貌出眾還得到萬人稱頌的我讓他們很不是滋味。

而在有權剝奪嫌犯自由的狀態下對我拳打腳踢，似乎就是一大樂事。

這種藥的好處在於施打者會把藥效期間長達數小時的妄想當成現實，全靠其讓人分不清夢與現實界線的特性。

有別於一般造成昏迷的藥物，記憶都會保留著，因此就算他們恢復神智，也沒辦法察覺我做了什麼。

抵達王都之前，我會定期下這種藥。

這樣就能讓他們安分，更可以為之後布局。

常用這種藥會使思維變得非常柔軟，易於洗腦。

而在到案前夕，我打算稍改藥物種類，讓他們成為聽話的狗，於各方面效勞。

「我本來可不想用這種藥，畢竟後遺症極其深刻。」

假如對方是正常官差，我原本還打算乖乖搭車到王都。

然而，他們已經被收買，更想凌虐我取樂。

我並沒有好心到會對這種人留情。

「那麼……既然資料讀熟了，乾脆來研發魔法吧。」

久違地有了可以悠哉度過的時間。

我要盡情研發魔法。

我拿出紙筆。

最近總是為蒂雅吃驚，我也得創出讓她訝異的魔法才行。

當下正好有個想摸索成形的魔法。

秀給蒂雅看以後，她肯定會感到開心，然後將我的點子擴展成新魔法。

Episode11

第十一話
暗殺者出庭抗告

The world's best assassin, to reincarnate in a different world aristocrat

數天旅程結束，抵達王都了。

監視我的人已被完全洗腦，成了聽命於我的狗。

「毫無異狀，他並未做出像樣的抵抗，始終意志消沉。私人物品都沒收了」。

我要他們如此報告。

雖然這次是用於洗腦，藥物仍有其便利之處。在這個世界有拿魔力當肥料就能提高藥效的植物，比起我重生前用的貨色，更能調製出藥性猛烈的配方。

像這樣自己利用倒是無妨，不過也有反過來被人利用的風險，最好要留心。

亦有靠藥物生財的貴族存在。

我具備前世培養的知識與技術，圖哈德身為醫術名家更有長年累積的藥物知識，但應該還是敵不過專精藥物的貴族。

即使有人調製出比我手上這些藥更加凶猛的配方也不足為奇。

「……哎，到了王都依然是這種待遇啊。」

我審視自己所處的狀況，並且嘆息。

在牢房裡居然還被遮著眼與口，連雙手雙腳都被戴上戒具。

光是涉嫌就這麼待我未免太過火。

因為卡洛納萊侯爵搞了鬼才有這種特殊待遇。

按照他的計畫是要完全封住我的眼與耳朵，讓我莫名其妙蒙上罪名，並在審判中順勢定罪。

這種準備萬全的做法值得肯定。

話雖如此，他不了解我是什麼樣的人。我早派諜報員收買了其中幾名看守，買通的看守在站哨之際會讓我出去放風。

如同事先得知的情報，看守告訴我明天就會開庭。

那麼，差不多該溜出去了。目前的看守與下一班看守都已經買通，時間上有餘裕。

為迎接明天的審判，我要拿到最後一項武器再回來。

◇

隔天，我的審判就在王都所設的法院開庭。

審判對外公開，貴族或在王都具居留資格者皆可從旁聽席觀審。

若庭上做出荒唐的判決，將衍生出各種問題，因此法官及告發者都不能胡作非為。據說這是近年引進的制度，冤罪因此少了許多。

身為聖騎士又打倒兩名魔族的我出庭受審，注目度高得座無虛席。

……而且，不曉得妮曼是從哪裡打聽來的，她也理所當然似的在場並看著我微笑。

（看來她並沒有在擔心。照常理想，被迫站到這裡受審就已經完了。）

這個國家的審判幾乎都要有證據定罪才會開庭。

換句話說，開庭時就已經確定有罪了。

至於審判的程序，大多都是由主張開庭的一方朗讀證據，指控嫌疑人，定要求對方認罪。

當場認罪的話，就會名正言順地成為罪人。即使不認罪，只要法官判斷證據可信，照樣會被當作罪人對待。

卡洛納萊侯爵本人以告發者身分上台，流暢地逐句唸出捏造的資料。

肥胖體型搭配貪婪臉孔與作威作福的架子，說來實在太符合缺德貴族的刻板形象，令人發噱。

我並沒有插什麼嘴，只等對方把話講完。

「根據以上陳述的資料，盧各．圖哈德明顯是濫用賦予聖騎士的特權行凶，謀殺了與圖哈德男爵家有仇怨的馬列托特伯爵。將為了維護國家安定而賦予的特權用於私欲，簡直荒謬絕倫。請庭上嚴加法辦！」

對方的主張大致都與我事前接獲的消息相同。

沒有任何一項新鮮的情報。

「被告有無抗辯之詞？」

「我不記得自己殺害過馬列托特伯爵，對方與圖哈德家更無仇怨，一切皆屬捏造。只要仔細調查對方提出的證據，肯定有破綻。」

「太難看了，盧各・圖哈德。我這邊還有證人在，當時剛好在場的法蘭多路德伯爵目睹了一切。我要傳他作證，請庭上允他發表證詞。」

「好，准許證人發言。」

法官批准，法蘭多路德伯爵便出現在台上。

我特地扮女裝拉攏入夥的那個男人。

「尚布倫遭魔族襲擊那天，我也在當地，而且我剛好目擊了聖騎士盧各・圖哈德戰鬥的過程。他面對強大魔物不為所苦，將魔族逼至絕境的英姿卓絕入聖，讓我看得著迷。那就像童話中出現的傳奇騎士，使我不顧生命危險駐足於現場。」

哦，令人訝異。

這口氣聽不出是在說謊。看來他曾目睹作戰過程這部分確有其事。

「而且在戰鬥途中，他忽然察覺到什麼，就把心思從魔物的身上移開了。馬列托特伯爵就在那裡。伯爵受戰鬥波及傷了腿，坐在地上，而盧各・圖哈德見狀便露出笑容，出腳將瓦礫踹飛。那塊瓦礫扎進了馬列托特伯爵的腦門，使他一命嗚呼。不會錯，那是刻意之舉。」

前來觀審的聽眾聽了他的話，紛紛開始躁動。

「怎麼會。」

「【聖騎士】居然做出這種事情。」

「就算他當上【聖騎士】，終究是男爵家出身。」

這類閒言閒語此起彼落，可真熱鬧。

「肅靜！」

法官敲起法槌，乾響迴盪四周，現場回歸寂靜。

「法蘭多路德伯爵，你所言非虛？」

「是的，沒有錯。」

他斷言以後，卡洛納萊侯爵露出了淺笑。

對方八成以為這樣就定讞了吧。

然而，想得太美了。

卡洛納萊侯爵一心只顧陷害我，就沒有料到自己會被設計。

法蘭多路德伯爵說的話還有後續。

他深深吸氣，並且再次開口。

「沒錯，卡洛納萊侯爵威脅我說的就是這些。我有把柄在他手上，還被他塞了錢，迫不得已出庭作偽證。既然卡洛納萊侯爵逼我做這種事，除了我的證詞，他準備的證據想必也是憑空捏造的吧。法官，我來這裡並不是為了讓聖騎士大人蒙受冤罪，而是為了控訴要脅我，還逼我作偽證的卡洛納萊侯爵！」

方才仍露出淺笑的卡洛納萊侯爵臉色發青。

聽眾的鼓譟聲變得比剛才更大。

卡洛納萊侯爵似乎完全沒想過法蘭多路德伯爵會倒戈。

設想簡陋。我連法蘭多路德伯爵當場背叛的狀況都設想過，也安排了到時候的因應方案。

暗殺等事無法照計畫進行的狀況多有所在，行家就會預先準備屆時可用的第二套、第三套方案。

外行人才會認為事情都可以照自己的想法執行。

「法蘭多路德，你瘋了嗎？」

「請問瘋的人是誰？你居然因為自己醜陋的嫉妒心，就想陷害賭命保衛這個國家，不，保衛這個世界而戰的【聖騎士】。這種事我做不到！我會把錢還你。想威脅我的話，你大可去做。我順從了自己的正義，才會決定為國毀掉這場荒誕的鬧劇！」

我在內心送上掌聲。

逼真的演技。

法蘭多路德伯爵完全讓聽眾站到他那邊了。寫劇本的固然是我，但多虧演員出色才更加打動人心。

多賞他一筆酬金吧。

「法官，這名證人似乎生了心病。請容我撤回證人。」

「不，他所說的由我看來實在不像謊話。萬一他所言屬實，卡洛納萊侯爵，你將以被告的身分站在這裡，而非告發者。」

「不可能，我向天地神明發誓，我沒有做那種事。」

真敢講。

可是，就算掙扎也沒用。

勢頭轉到我這邊了。給他致命一擊吧。

「法官，我也要反駁。我有準備關於本案的資料，卡洛納萊侯爵想以不當手段貶低我的證據都記載於上。請您先過目整理好的綱要。」

我蒐集的證據分量龐大，要全部過目非常花時間。

所以我統整出簡短的綱要書，還準備了許多補充資料。

法官派助理從我這裡收下資料，並呈到他手邊。

卡洛納萊侯爵用臉色表示難以置信。

畢竟他指示過要將我的私人物品全數沒收，有這種資料的話，照計畫都會被他捏在手裡。

基本上，我應該是在毫不知情的狀況下被帶來這裡，他認為我根本就沒有時間擬出對策。

「竟有此事，馬列托特伯爵並不是在尚布倫遇害，而是在王都，規劃運屍的人則是卡洛納萊侯爵。非但如此，圖哈德家與馬列托特伯爵的仇怨皆為憑空捏造，卡洛納萊侯爵才是馬列托特伯爵的死對頭……這份資料耐人尋味呢。」

「那是他捏造的！」

「或許吧。不過，這份資料的說服力比你準備的內容高了好幾個層次。何況只要有這份資料，連我都能為他背書。至少本庭不可能將盧各·圖哈德定罪，畢竟殺害現場的目擊者只有你準備的證人。既然他已撤回前言，便無任何人在尚布倫看見馬列托特伯爵遇害的場面。」

「這……可是……對、對了，有情況證據！」

「情況證據正向我低語，卡洛納萊侯爵比盧各·圖哈德更加可疑。卡洛納萊侯爵，萬一證實盧各·圖哈德準備的資料是正確的，你應該曉得自己會有什麼下場吧？」

在法庭上作偽證是極重大的罪。

光這條罪定讞就足以抄家，還會被課以僅貴族需擔負的非人道勞役，為國家之利益奉獻。

何況他還是出於私怨而妨害肩有救國使命的聖騎士，罪行之重無從比較。當中還要加上殺害貴族的罪。卡洛納萊侯爵應將萬劫不復。

「我是無辜的！那小鬼不過是區區男爵家之後，難道他說的話會比我這卡洛納萊侯爵家的當家更可信嗎！」

光是剛才的發言，就顯露了他對我的敵愾心理及個人的情緒底蘊淺薄。

那將影響法官心證，更會與聽眾為敵……足以讓在場者產生共識，認為這傢伙難保不會陷人入罪。

法官似乎也有相同觀感，就瞇細了眼睛。

「是啊，要問的話我會選擇相信他。他賭上性命擊退了兩次魔族，光以實際的功績而言，他為這個國家帶來的希望更勝於勇者……結論出來了。盧各・圖哈德無罪，而且本院將根據他帶來的資料對卡洛納萊侯爵展開調查，視結果決定是否開庭起訴卡洛納萊侯爵。惟憂慮卡洛納萊侯爵為求自保，大有可能出現滅證潛逃之情事，在調查結束前，本院依權限得下令將其收押。」

法官身後的門開啟，眾騎士隨之出現，並將卡洛納萊侯爵羈押。

「別開玩笑，我可是侯爵，尊貴的卡洛納萊家之人，為什麼不聽我的命令？我……我可是……」

被騎士扭送之際，他從我身邊經過。

我趁機施展風魔法。

藉風傳音的魔法。用這招就可以只把聲音傳給想要傳到的人耳裡。

『別以為辦完這樁案子就可以了結。趁著你不在，我已經去把你的屋邸翻了一遍。你似乎正打著挺惡毒的主意嘛，我會把那件事挖出來要你的命。不只是你，你的同夥也一樣。敢來招惹我，你最好在牢裡後悔一輩子。』

藉風傳到的不只聲音，還有殺意。

我擅長蘊情於聲的技術。

卡洛納萊侯爵的褲子濕了一片。

聽眾裡有人察覺這一點，事情便在竊竊私語間傳開，最後更有人指出，哄笑聲席捲全場。

卡洛納萊侯爵臉紅了，還因羞恥而顫抖。

對自尊心強的他來說，沒有比這更屈辱的事。

想教訓男爵家的狂妄小崽子消氣，居然搞到自己身敗名裂，無可救藥。

「盧各·圖哈德，很抱歉發生這次事件。鄭重重申，你所提出的資料只要得到證實，卡洛納萊侯爵的私產充公以後，本院依規定將從中支付賠償金給你。」

「不會，感謝您願意相信我的說詞。」

幸好對方是個冷靜的法官。

我最怕的狀況就是法官本身被收買。

卡洛納萊侯爵用那招的話，法庭對決應該就難分難解了。

不過，我本來就認為可能性奇低，畢竟在他遊說法官的瞬間就已經構成重罪。風險過高的一招。

……只是，假如我跟他一樣要陷人入罪，就會做到那種地步。

難歸難，用上所有說服手段仍然可行。

即使收買失敗，在陳詞行賄一事洩露出去前先將法官滅口就好。

到頭來，那傢伙的敗因就是所有行動皆不離低等惡徒的範疇。

要對我找碴，他嚴重缺乏覺悟。

（那麼，既然土產到手了，來試玩一下吧。）

昨天我溜出監獄是為了潛入那傢伙的屋邸，找出足以讓他毀滅的弱點當保險。

順便就收到了這次的慰問費。

好比之前從法蘭多路德伯爵那裡騙取藝術品，那傢伙都用陰險手段在收集各種藝術品。我期待當中會有好玩的東西，就試著在他的屋邸裡物色。

而我押對寶了，有連我方情報網都查不出的神器存在。

這樣一來，我手邊的神器就有第二件。光靠【鶴皮之囊】無法釐清的神器機制將會陸續解開，尋得的神器性能也值得期待。

考量到能將此等寶物弄來，這幾天被迫花的工夫也還划算。

所以，用寬闊的心胸原諒他吧。

我不打算繼續拘泥於那傢伙。

本來就已經不用我出手，他也會被法律制裁。

先祈禱他能以正確的方式償還自身罪過，並且重新做人吧……雖然在償清罪過前，壽命耗盡或自殺應該會比較快，但那就不是我管得著的事了。

Episode12

第十二話

暗殺者測試新神器

The world's best assassin, to reincarnate in a different world aristocrat

勝訴的我無罪獲釋，審判結束了。

辦完公家手續，總算重回自由之身。

牢房生活讓我悶得發慌。

雖然說在那種水準的牢房幾乎都可以自由進出，而且久違有機會可以好好投入魔法的研究，這段時光也不算差就是了。

更重要的是……

「【亞格特朗】。虧他能藏有這種東西。」

我確認周圍沒有任何人以後，才拿出從卡洛納萊侯爵那座藏寶庫擅取而來的神器。

外觀是一隻銀色的義肢。

義肢本身不算多稀奇。

然而，【亞格特朗】的特徵在於它是隻完美義肢且具備爐心。

完美義肢就如字面所示的完美，無論由誰裝在身上，都可以不出差錯地將手臂功能發揮到周全。

可動範圍、柔軟性、觸覺皆能重現到與血肉之軀幾無差異的地步。

再者，其強度非常高，傳說甚至擋下了瑟坦特手上那把【蓋伯爾加】的一擊。

況且其爐心時時都有魔力不停流動。我用圖哈德之眼注視，便發現時時生產不停的魔力量幾乎相當於蒂雅的魔力量。換句話說，與人類頂尖的具備魔力者同等。

更令我吃驚的是像這樣接觸其魔力，它就會隨持有者的魔力改變性質，也就是可以當成自己的魔力利用。

這太方便了。

甚至讓我想切斷自己的右臂換上它。

「……不過，那樣應該會讓蒂雅及塔兒朵難過吧。」

目前我並沒有打算光看性能就換掉手臂。

雖說能夠變強，但她們不會對我的右臂變成魔道具感到慶幸。

更何況，我也希望用自己的手擁抱她們。

不，慢著。

並沒有規定手臂非要兩條才可以，也沒有規定義肢要隨時裝在身上。

【亞格特朗】的啟動條件是連接神經。

那麼除了當手臂代用品，它仍有其他用途。

仔細研究看看吧。

◇

離開法院之前，我偷偷溜進個人房，並且用裝在【鶴皮之囊】隨身攜帶的喬裝道具扮成了別人。

這次的案子極受矚目，假如直接以盧各．圖哈德的模樣出去，肯定會遭到群眾連番質問。

從法院離開後，我發現果然有人群聚集，而且他們正在找我。

我鑽出人群，沒有人認出我。

妮曼不在。她在審判做出裁決的瞬間朝我微笑後就回去了。

她並不是擔心我才來，只是來看我有多少能耐吧。

這次展現的手腕應該能讓她滿意。

我把信塞給混在人群中的諜報員。

諜報員也沒有看穿我的變身，但我們有講好接觸時的步驟，靠舉動表示身分就能讓對方知道是我。

信裡是給瑪荷的訊息。

答謝她這次同樣幫了許多忙與新增的委託。

另外，還寫到了我明天會到她身邊。

我給瑪荷添了不少麻煩，都沒有好好犒勞她。更重要的是在這次事件中，負擔最大也最替我擔心的人都是她。

她身為情報網的管理者，將這次事件的所有環節都看在眼裡。正因如此，她難免會想東想西。

「風很強呢。」

暴風雨接近了。從雲層動向與皮膚感受到的溼度、溫度估算，將在傍晚直撲陸地，到早上就會通過。

在暴風雨中飛行是吃力的。

我可以辦到，不過十分消耗精神。

滑翔翼是利用風來飛行，因此難在我不能使用【驅風】去除暴風的影響，頂著大雨飛行也嫌辛苦。

在暴風雨停歇前，先找間旅館投宿，然後趕快把玩新到手的玩具，等暴風雨過去再前往穆爾鐸吧。

我這麼想，在王都找起了旅館。

◇

風雨從剛才就無情地叩著旅館窗戶。

如我判斷，暴風雨正在襲擊王都。

幸好我停留於此。

我不想在這種風雨中飛行。

「……果然和我想的一樣。」

我在旅館分析新獲得的神器【亞格特朗】，就搞懂了幾件事。【亞格特朗】與肉體間固然也有物理方面的連接，不過那到底是次要的使用機制，主要仍是靠靈魂渠道。

這屬於神祕學、魔法的領域，而非科學。

既然如此，或許不必自斷一臂也能使用這項神器。

手臂仍在的我試著將連接用的尖銳處裝上肩膀，於是尖銳處陷入肉裡以後，就為了避免義肢脫落而自動擴大接點，劇痛無比。

【亞格特朗】的力量使那道傷逐步痊癒，傷口癒合後，義肢在物理方面就接上了。

然而就只是裝在肩膀，一動都不會動。

理由很單純，因為從肩膀到手臂的靈魂渠道當下仍只有與我的真臂接通。

【亞格特朗】要連接的渠道被堵著，導致靈魂渠道無法開通。

不過，我用圖哈德之眼觀察過義肢準備連接時的啟動過程。

正因如此，從魔力流向大致可以想見術式的結構。

而且當我思索這些時，【亞格特朗】仍一直在尋找靈魂渠道的接點。非常好分析。

「這樣看來，或許我辦得到。」

至今解析過的魔法中就有結構類似的術式，有利用靈魂渠道的魔法還滿多。比如讓炎之魔力在靈魂渠道循環，藉此以火焰環身的捨命魔法就是代表性範例。

不切斷手臂便無法開通讓義肢活動的渠道……既然如此，加開渠道就行了。

我要創造的魔法，功能單純是在肩膀到手臂的渠道上製造分歧點。

我一邊寫式子一邊心想蒂雅肯定能做得更好。

細膩的魔法屬於她擅長的領域。

回去以後再讓蒂雅看看我寫的式子，請她加以改良。

總之，今天的目的在於讓【亞格特朗】進入可使用狀態。

能讓義肢活動就好。

如此這般，我逐步投入心思研發魔法。

儘管相當有難處，仍可實際感受到點點滴滴的進展。

我在想要的魔法完成後抬起頭，才發現一回神已經天亮，暴風雨也過去了。

看來我專注了好幾個小時。

「那麼，立刻來唱誦吧……【傀儡】。」

我將這道魔法取名為【傀儡】。

魔法生效，從肩膀延伸的靈魂渠道如我所願出現分歧。

於是始終扎在我身上的【亞格特朗】終於找到它要的靈魂渠道，便開始進行對接。

一瞬間，我差點喪失意識。

強烈的不適感。

【亞格特朗】的情報量繁多。假如我沒有時時給自己負擔，並且靠【成長極限突破】讓大腦成長，或許腦子已經燒壞了。

一條手臂的資訊量驚人。手指、手腕、手肘、肩膀，有數個部位可以活動，還必須控制每一條肌肉才行。

原本【亞格特朗】會連到持有者分給缺臂的腦區資源，但因為我硬是多加一條手臂，活動這條新手臂所需的全部資訊就流進了腦裡。

人體是將手臂設計成兩條，並未設想到操控三條手臂的狀況，大腦處理起來必然會流量爆炸。不僅如此，還有強烈不適感與異物感。

就算這樣，我仍設法靠強化過的腦袋逐步適應。

「……接上啦。原來如此，這不錯。」

靈魂渠道接通，使得【亞格特朗】爐心製造的魔力流到我這裡。

它還具備強化自我痊癒力以及幫助身體活性化的力量。

不，非但如此，我發現還可以用【亞格特朗】當媒介釋出魔力。

跟我可以從體內釋出的魔力算在一起，瞬間魔力釋出量達兩倍。

我最大的缺陷就是魔力儲藏量完全超乎常規，瞬間釋出量卻不脫常人範疇，這一點將獲得相當程度的化解。

此外……

「能隨我的意念活動呢。」

我成功讓扎在肩膀上的義肢從暗袋拔出隱藏的短刀一揮。動作順暢，正如我的意志所控。

問題在於不去意識到就無法活動，現階段尚不可能讓義肢透過反射採取無意識的行動。

之後再慢慢解決這一點。

現階段來看，這條義肢仍十分有用。

穿寬鬆的衣服就可以藏起這條義肢，因此用於偷襲再合適不過。

比方說，在持劍互搏的途中突然有第三條手臂穿破衣服揮下利刃的話，斷無對手能因應這道攻擊。

畢竟沒人會想到我有第三條手臂。

即使不像那樣偷襲，有三條手臂就能做許多有意思的事。

多一條手臂能帶來莫大優勢，出招的頻率增加五成。

「這東西玩夠了。」

我把深扎於肉的義肢從肩膀拔下。

鮮血噴出，傷口在【超回復】的效果下逐步癒合。

……好，我成功用過這項道具了。

接著要進一步分析，試著想方法將這項技術挪用至其他方面。

精密到足以代臂效勞的操控機制，從中能學習的可多了。

「那麼，既然天已經亮了，準備出發吧。瑪荷正伸長脖子等著我。」

朝陽升起。

天空萬里無雲。

這樣的話，我就可以飛到瑪荷身邊。

剛開始，瑪荷肯定會鬧彆扭氣我一直沒過去露面。不過，她應該很快就會露出笑容為重逢而高興。

Episode13

第十三話 暗殺者被妹妹央求

The world's best assassin, to reincarnate in a different world aristocrat

暴風雨離去，我飛過晴朗的天空到了穆爾鐸。

由於目的是與瑪荷相見，我就沒有用盧各・圖哈德的身分，外表已經換成伊路葛・巴洛魯的模樣。

一抵達穆爾鐸，我便靠近通訊機埋設的定點，並且用子機存取，將頻率設為蒂雅、塔兒朵、瑪荷的專用波道再開機。

為了跟她們報平安。

『我是盧各。審判已經順利結束，無罪獲釋。今天我會在穆爾鐸工作，預定明天回去。』

我只講了這些就準備切掉，不過有我以外的人正在通訊網進行存取，從對講機冒出了聲音。

『幸好少爺平安！我會做好少爺愛吃的東西在家等候。』

『唉，真受不了。你聯絡得好晚，我可是一直在擔心耶！』

『兩位，昨天我有向妳們轉達哥哥平安的消息吧？』

『又沒有直接聽見少爺的聲音，怎麼能安心呢。』

『就是啊。多虧如此，整夜都沒睡的我好睏，連魔法也無心研究了。』

聽得見塔兒朵、蒂雅、瑪荷的聲音。

瑪荷能在自己房間收訊也就罷了，蒂雅和塔兒朵不到後山的話，應該連子機都無法收訊才對。

她們肯定是擔心我，從昨天左右就一直在後山守著對講機吧。因為我也教過塔兒朵野外求生的技術，說不定她們還搭了帳篷。

『抱歉，讓妳們擔心了。我買了許多土產，請妳們期待吧……還有，瑪荷，我再過兩三個小時就會去見妳。』

『我這裡都準備就緒嘍。為了在審判結束以後騰出時間，工作早就協調過了。今天一整天，我都可以把時間用在哥哥身上。』

『哎，好羨慕喔，我也想跟盧各約會耶。』

『妳跟哥哥一起生活還這麼說？』

『這倒也是，抱歉。欸，瑪荷，要不要見個面？我們一次都沒見過面，是不是怪怪的？』

『好呀，下次可以找個時間。畢竟我有許多想問和想談的事情，我們來商量要在哪裡見面吧。』

『盧各不在比較好，對不對？』

『是啊，當然了。』

『我怎麼覺得妳們這樣亂恐怖的。』

她們倆想特地找個我不在的場合，到底要談什麼？

『有些事就是只能讓女生彼此談喔。』

『對呀，哥哥你別擔心，我們並不是打算吵架。我怎麼可能會做惹哥哥討厭的事情呢。』

『我只是想聯絡感情而已啊。只能像這樣對話，感覺好有距離耶。』

感覺並沒有火藥味，我就安心了。

認分將女人間的事交給她們倆去談吧。

『我要切斷通訊了。姑且先講一聲，這裡的對話都有紀錄，麻煩妳們記在心上。』

話題像這樣演變，她們三個會直接進入閒聊模式，所以我才先提醒。

從她們三個的性格來想，應該不至於惡言相向，但或許會脫口說出不希望被我這個男人聽見的話。

『我明白了，少爺。沒發現隨時都能跟瑪荷小姐聊天，我之前真是粗心。』

『塔兒朵都沒有變呢……不過，聽見妳的聲音讓我鬆了口氣。』

『啊，等我們要見面時，塔兒朵妳也一起來嘛。有共通的朋友也比較聊得開。』

『不才的我，一定會誠心誠意擔任兩位之間的橋樑！』

我稍微放心了。

既然有塔兒朵在，應該很難出亂子吧。

◇

我走在穆爾鐸的街道。

穆爾鐸果然是個好地方。

由於是亞爾班王國最大的港口，絕大多數的東西都能夠取得。

我一邊採買個人所需的物品，一邊挑選要給瑪荷的伴手禮。

我在王都已經買了她喜歡的餅乾，但我另外挑了花束。

瑪荷喜歡的紫色花卉正合時序。

換成塔兒朵或蒂雅，送花就不太討好。塔兒朵收了會高興的是食物，蒂雅則是書。

瑪荷的感性在三個人當中最符合女性。

像這樣買完東西以後，我來到歐露娜的總店。

我在熟悉的櫃台打了招呼，然後前往瑪荷等著的房間。

◇

我走進房間，正盯著文件的瑪荷便緩緩抬起頭。

這種沉穩的感覺讓我覺得很有她的風範。

假如是塔兒朵或蒂雅，應該就會跑來我身旁。

「好久不見，瑪荷。」

「是啊，許久沒見呢。哥哥一直不肯露面，我好寂寞。」

瑪荷露出苦笑，然後從座位起身。

她似乎跟往常一樣，想要為我沖壺茶。

瑪荷沖的香草茶相當美味，喝了能舒緩身心。

「今天妳能不能沖得苦一些？我在王都買了伴手禮，馬爾拉娜的葡萄乾餅乾。之前妳說過這很好吃吧？」

「好高興，我最喜歡那個了。王都的商品即使品質好，感覺還是太貴，這種餅乾卻貴得值得。」

趁著瑪荷沖茶這段期間，我將買來的花插進花瓶。

「哎呀，謬奈花。居然湊齊了我喜歡的甜點和花束，稍微貼心過了頭，會讓人覺得要提防呢。」

話雖這麼說，她仍笑逐顏開。

看來有討到瑪荷歡心，我可以鬆口氣。

「因為我讓妳費了許多心神，才想答謝妳。」

「是嗎……哥哥，你是這樣想的啊。那正好，我有事想拜託你。」

瑪荷拿著香草茶坐到我眼前。

「能力所及的事情我都會答應。」

「只有你辦得到喔。吃完茶點以後，我再拜託你。」

「就這樣吧，讓妳沖的香草茶冷掉也嫌可惜。」

瑪荷沖香草茶最講究道理，溫度、沖泡時間、茶葉品質、水質。

就我所知，會根據茶葉換水沖茶的人頂多只有她吧。

硬水、軟水的概念並不存在於這個世界，我也沒有教過瑪荷，她卻靠自己的舌頭和經驗法則發現了。

香草茶沁入我疲憊的身體。

將買來當土產的葡萄乾餅乾拆封，洋酒與葡萄乾的香味就擴散開來。

典雅的軟餅乾，點睛之處在於用高級白蘭地浸漬過的葡萄乾美味，麵團裡還揉入了能突顯其風味的香料。

洋溢著高級感而又複雜的滋味。瑪荷喜見這種有格調的東西。

「這種餅乾果然很美味呢。哥哥，不曉得我們這裡是否也做得出來。」

「應該有困難。聽說他們專門釀造了用來浸漬葡萄乾的白蘭地，雖然貴得離譜，但講究的等級有別。這不是一朝一夕學得來的。」

光為浸漬葡萄乾就從零起步把酒釀出來的執著可不尋常。

而且對方肯那麼做，就代表其他環節也都講究至極。

「是啊，花的時間與執著，與我們處於兩極。」

「我們的歐露娜是靠嶄新的點子，或者技術力與資金力，透過獨自的物流網來取得優勢，不過要將這種尋常的產品昇華到完美境界，就顯得店史尚淺，而且缺乏人才。這並非我們該走的路線。」

在做生意這方面，有無法辦到的事情並不算大問題。

重要的是自己能做什麼，在有能力的項目勝過其他人就好。

「也對……不過，將來我也想嘗試這種生意，雖然幾乎純屬興趣。」

「歐露娜的規模已經夠大了，再擴增事業反而會難以施展，往後就一面守成一面開些出於興趣的店或許也不錯。」

歐露娜仍不停壯大，為了追上其成長速度，處於拚命想補齊設備與人員的狀態。

……而且再怎麼設法讓管理有效率，也差不多進入無法面面俱到的領域了。

那會有危險。

歐露娜難保不會在我們無法顧及的地方失控。

做生意也需要停下腳步的勇氣及決策。

「我也持相同意見。本來還想商量這件事，卻被哥哥先講出來了呢。」

「嚇我一跳，原來妳有這種觀點。」

「別小看我好嗎？哥哥把歐露娜交派給我都經過多久了？只論做生意，或許我已經更勝一籌嘍？」

「或許是呢。」

實際上，我已經成了單純的顧問，我所成立的歐露娜能拓展至此是靠瑪荷出力。

我們一邊討論關於歐露娜的事，一邊享用葡萄乾餅乾與香草茶，東西就在轉眼之間吃光飲盡了。

於是，瑪荷突然變得心神不定。

肯定是因為她之前說過餅乾吃完後有事情要拜託我。

難道她想拜託的是那麼難為情的事？

瑪荷刻意清了清嗓，然後才開始說道：

「呃，我覺得塔兒朵從不久前就有了改變。跟她用寫信之類的方式往來，能感受到有某種幸福的神采，原本總是畏畏縮縮的那個女生彷彿多了股自信。」

「說來是有這種感覺沒錯。」

塔兒朵之前總顯得缺乏自信，即使練就在這個國家數一數二的實力也沒有改變。然而最近就稍微不同，她變得有氣魄了。方才用通訊網對話也是，不久前的塔兒朵絕對不會做出那種發言。

「我問了她理由……然後，呃，就聽說，她跟哥哥，做了那件事。知道後我就在想：為什麼只有塔兒朵可以？還會覺得她好詐，心裡變成盡是討厭的念頭……伊路葛哥哥，假如我也想要，可以嗎？我喜歡伊路葛哥哥。我知道你把我當成妹妹對待，也為此感到高興，可是我不要光是這樣子。我會覺得自己得到的愛不如蒂雅，不如塔兒朵，還懷疑自己是不是最無關緊要的一個女生，因為只有我沒跟哥哥發生關係，這樣我無法對自己有自信。」

瑪荷滿臉通紅，眼裡泛著淚光，還從我的臉底下探頭看過來。

既可愛又令人疼惜。

「……呼，妳真的要依我啊。巴洛魯商會的少東還特意向妳求婚，可惜了。」

我用打哈哈的語氣說這些，瑪荷就鼓起腮幫子。

她難得做出這種孩子氣的舉動。

「巴洛魯商會的財力固然吸引人，但是伊路葛哥哥還是更有魅力……更何況，有我跟你的話，就能讓歐露娜成為比巴洛魯商會更大的商會吧？」

我露出苦笑。

這句台詞被別人聽見的話，八成會惹來訕笑。

但是我有自信跟瑪荷就能成事。

「說得對。憑我們就有辦法……瑪荷，我要先聲明，我沒有辦法只愛妳一人。」

「我曉得啦。即使如此，我也甘願。」

瑪荷起身坐到我旁邊。

接著，她默默望著我。

她想要的肯定是……

因此，我予以回應。

「嗯……呼啊，呵呵，跟之前的吻不一樣，是大人的吻呢。」

「因為我以往都把妳當家人對待。」

「可以繼續這樣，不過，往後也要把我當情人看待。」

這次換我接納瑪荷主動的吻。

接在塔兒朵之後，我也決定跟瑪荷發生關係了。

我不惜用前世的人心掌控術、洗腦技術提高她們對我的忠誠心，使她們絕對不會背叛我。

可是那終究屬於忠誠心，跟戀愛相差甚遠。

我沒有利用戀愛感情洗腦是因為戀愛感情容易轉變，不適合用來綁住他人。

然而事情會變成這樣，是因為我對塔兒朵與瑪荷的感情，還有塔兒朵與瑪荷對我的感情，都是在非刻意的某種因緣際會下萌現的。

我對不能計算、不合道理的事物感到有疑問，卻也慶幸自己不懂。

「換個地方吧。」

「好，我有準備喔。」

「真周到。」

「我是商人嘛。」

這話沒錯。

就這樣，我們整裝離開歐露娜。

瑪荷微笑著牽起我的手。

那讓我看得著迷。

我重新體認到這女孩真的長成了美人胚子。

我想要讓她幸福。因為我需要道具，才會把她納入手裡。但現在，我真的體會到她是我重要的家人。

Episode14

第十四話——暗殺者接納

The world's best assassin, to reincarnate in a different world aristocrat

彼此都做了簡單的喬裝以後，我們錯開時間從歐露娜總店離去。

接著，我們在瑪荷預約好的旅館碰頭。

瑪荷安排了十分高級的旅館。

旅館裡的家具、設備及擺飾固然都屬上乘，不過看起來更重要的是重視私密性。

這是保護顧客隱私的店家。

我與瑪荷都算是滿有名的人，因此就會多操心。

相較於無名氣的貴族，歐露娜的代表與代理代表更受世間矚目。我們倆若只是走在一起，還可以堅稱是為了工作，然而彼此有這層關係傳出去的話就不好。

這間旅館有淋浴設備。

即使能淋浴，提供的也只是先燒好熱水裝進儲存槽，再用腳踏式幫浦加壓，讓熱水從蓮蓬頭向外噴的原始設備。

如此簡單的衛浴仍舊可貴。

我先沖了澡，然後等瑪荷洗完出來。

瑪荷希望我抱她的時候是用盧各的身分，意指她想被真正的我擁入懷裡。

會這麼花時間，可見她本身也在準備。

……心跳加快了。

常充作這類用途的高級旅館氣氛營造自然有一套，何況與我來的人是她。

「保持不了平靜啊。」

好比塔兒朵長大後變可愛，瑪荷長大後也變美了。

美得幾乎無法從初次見面時的模樣想像。

塔兒朵也是如此，女大十八變。女性會在不知不覺中改換面貌。

……話雖如此，要是我表現得心慌，瑪荷也會感到不安。

得冷靜才行。

當我想著這些時，瑪荷從浴室出來了。

淋浴後發燙的肌膚吸引住我的目光。

而且，吸引目光的不只是熱得泛紅的肌膚。

「你覺得……怎麼樣？」

「很適合妳。」

瑪荷只穿了內衣。

顏色黑中帶藍，搭配自身髮色的料子。

挑逗的款式與成熟的瑪荷很相配，烘托出她的魅力。

然而，我在興奮前卻先發現自己有股安心感。

因為實在太符合瑪荷的風格，令我莞爾。

啊，我懂了。雖然我們處於這種情境，瑪荷到底不離其本色，我有這種感覺。

「過來。」

「好、好的。」

「妳的語氣跟平時不同呢。」

「是啊，變得有點像塔兒朵……因為我會緊張。」

我在床上坐定，原本想坐到我旁邊的瑪荷中途作罷，改為倚身坐到我的兩腿之間，倒進我懷裡。

「有股香氣。」

「我訂了特殊的香油，洗完澡後擦到身上。這屬於哥哥喜歡的香味，塗了膚質會顯得比較好，而且觸感也會變細。」

「內衣搭配香油，還真是用心。」

對，這種在事前做足準備的習慣非常有瑪荷的調調。

「我不像蒂雅或塔兒朵那麼有魅力，不拚命打扮就沒辦法站在你面前啊。」

「沒那種事。她們倆固然有魅力，但妳也不遜色。」
「有啦。何況就算那樣，我不做這些就沒辦法安心，我想盡可能對哥哥展現出自己更賞心悅目的一面。」
這套內衣走在時尚尖端。記得是貴族特別向知名設計師訂製的，連瑪荷要弄到也得費一番工夫才對。而且這種香油也相當貴重。
瑪荷想盡可能討我喜歡，還為此做了準備，這些舉動都讓人感到窩心。而我憐惜她的嬌柔，從後面把她摟進懷裡。
聽得見心跳聲。
不只瑪荷的心跳聲，還有我的心跳聲。怦通怦通怦通。那是我倆情緒高漲的證據，連那樣的聲音都讓我感到憐惜。
「妳真的決定依我？」
「是啊，要我說的話，問這種問題就不解風情了。」
「妳的口才倒是恢復了嘛。」
這種回話方式是瑪荷特有的習慣。
「也對，緊張感舒緩許多了。像這樣以肌膚相貼能讓我安心。待在哥哥的身旁，永遠都是最令我安心的……以前只要我表示寂寞，哥哥就會陪我睡，對不對？」
「是這樣沒錯。」

塔兒朵和瑪荷都在小時候失去家人，成了她們內心的陰影。

正因如此，她們需要親人的溫暖，而我希望用自己的方式彌補她們。

所以，過去當她們在晚上感到無比寂寞時，我就會陪她們一起睡。

「現在我才說得出口，只因為想要依偎著哥哥，我也曾假裝寂寞。不只我，塔兒朵應該也有……我們從很久很久以前就把哥哥當男性看待了，而且比哥哥想像的還要早。你有發現嗎？」

「沒有。應該說，我不願意發現。」

訊號再多不過。

但是，因為我把她們當家人對待，才會執意將她們倆發出的訊號撇除在視野之外。

「塔兒朵比我好懂多了喔。呃，再說，那個女生以前一起睡的時候，也常常一邊自我安慰。」

「妳也一樣吧。」

「……！我是受了塔兒朵刺激才……呃，原來你都有發現嗎！」

瑪荷扯開嗓門回過頭。

像塔兒朵那樣，會讓人懷疑她到底有沒有要掩飾的意思，但瑪荷就會拚命克制聲音，看起來是有打算掩飾。

最先開始的是塔兒朵，在她這麼做了幾夜以後，連瑪荷都跟進了。或許瑪荷是覺得塔兒朵沒有被發現的話，自己跟著做也無妨。

「我是暗殺者，即使躺著也能探察四周的動靜。不然要我把次數和日期都報給妳聽嗎？我對於記憶力也有自信。」

瑪荷的臉變得更紅了。彷彿已經羞恥到極限的她再次轉頭向前。

「不用說了，我聽完會想死。明明察覺到還無視我們，真是壞心耶。」

「我覺得單純是妳們正值年輕，性慾無處消解，才任由妳們去的。畢竟做那種事情又不算奇怪。雖然說，擅自利用我的手臂曾是個問題……行為本身倒是有助發洩壓力。如果還要分心注意我而妨礙到妳們辦事，也不好意思吧？」

「……那樣根本不叫溫柔喔。怎麼辦，我好想死。」

瑪荷再次轉向前，我便看不見她的臉，然而從後面也看得出她已經連耳根都紅了。

「我原本以為現在可以提這件事，難道不說比較好嗎？」

「不說比較好，真的。只有我羞恥成這樣太不公平，之後我也要告訴塔兒朵，讓她曉得自己穿幫了。」

連平時冷靜的瑪荷都尷尬成這樣。

可以想見塔兒朵大概會慌成一團而神經錯亂吧。

「聽說聊其他女人的事會惹床伴討厭，妳談起塔兒朵倒是一臉開心嘛。」

「誰教那是塔兒朵。她一直都是我的家人，事到如今怎麼可能割捨。再說……」

瑪荷反過來把我壓倒在床上。

要抵抗很容易，我卻任由她擺布。

「盧各哥哥，接下來要如痴如醉的人是你。我呢，很擅長預習。我讀了大量書本進修，還用道具做過練習，都是為了取悅你。」

「這樣啊，妳可以當模範生呢。」

「對呀，因為有你要求，我才變成這樣的。所以，今天就把一切交給我……我絕對會讓你如痴如醉。」

話說完，她露出微笑吻了我。

瑪荷壓在我身上，然後在耳邊細語她最喜歡我。

那麼，我要直接試試她進修的成果。

……不過，她還是太嫩了。她並不明白進修與練習有極限，有的技術還是得靠實戰才能學會。

我們從今天起將成為情侶，但是瑪荷說過，她仍希望我繼續當她的哥哥，也當她的老師。

所以我也要教她這些。

今晚似乎會是漫長的一夜。

Episode15

第十五話

暗殺者邂逅肇端

The world's best assassin, to reincarnate in a different world aristocrat

這是夢。

我明確知覺到自己在夢中。

相隔十四年未見的景象，現實中不可能存在的光景。

畢竟這裡是我重生之際，女神用來召見我的白色房間。

「噹噹噹噹～～恭喜！你的功績點數已經超過一定數值，可干涉命運的資源增加了。敬請期待女神今後將施予的慈悲！」

而且我會被找來，就表示房間的主人……女神也一定在這。

「十四年不見，妳還是沒變啊。」

「要說的話，你才是沒變的那一方喔。因為我的個性與講話方式都是配合你加以演算呈現的～～讓我用這副面貌見人的可、是、你、喲。嘿嘿！」

她恐怕是在飾演被召見者心目中最容易對話的人格吧。

我試著思考為什麼眼前的女神會是這種人格。

雖然這是推測，但她明顯有可疑之處的話，細查後就能窺見本意。這種明瞭的心思能讓我安心。

「干涉命運的資源上限增加了……原來是這麼回事。蒂雅、塔兒朵、瑪荷，這三人與我的邂逅過於巧合。雖然說我有主動找尋，能接連遇上如此方便的人才未免不合理。表示將我和她們三人牽引在一起的力量又可以發揮作用了對吧？」

「啊，你已經發現了嗎？沒有錯，操控命運之線對我來說只是小意思喔。那三個人有幫到你不少忙吧？畢竟你跟她們全都好上了嘛。喲，情聖！」

「……聽了實在不太舒坦。我跟她們三個的情誼被妳說成了規劃中的事。」

「啊，那你略有誤解嘍。要連感情及行為都綁定的話，資源消耗得可凶了。坦白講辦不到。我所做的呢，只是稍改命運的方向，讓你遇見想要的人才而已。光讓你們見面已是極限，見面以後我可就不曉得嘍。你大可為此驕傲。掌握那三個人的心，靠的純粹是你的實力。討厭，我也要被攻略了嗎！」

這些話成了我的救贖。

萬一連她們三個的感情都是被女神規劃好的，那實在太空虛了。

「是嗎……那就好。」

「順帶一提，若按照原本的歷史，今天會是瑪荷的忌日。可喜可賀呢，你順利突破所有夥伴的忌日了。」

「我聽了卻覺得妳的意思是她們三個原本都應該在今天之前喪命。」

「對呀，我就是這麼說的。呃，我將阿卡夏紀錄收到哪裡了？啊，有嘍有嘍。」

女神刻意從異空間取出一本厚書。

不知道為什麼，那本阿卡夏紀錄的封面是用平假名寫成。

「照原本的歷史嘛，最先死亡的是塔兒朵。因為家裡養不起就被丟棄在冬天山裡的她會朝著圖哈德領而去，並且在途中死於飢寒交迫。這算是最像樣的死法呢。然後，下一個死亡的是蒂雅。維科尼家在戰爭中落敗，她那優秀的魔法天分被看上以後，會有變態貴族把她買去生育後代，唔哇，好狠喔。人類真愚蠢，這樣對待女生的話，不是就生不出小孩了嗎？被人玩壞的她就此報銷，呀啊～～太可憐了～～」

如果沒有我這個人，她們倆就算落得那樣的遭遇也不奇怪。

光得知這些便令我焦躁。

「最後是瑪荷。因為她長得可愛，就被孤兒院的缺德院長賣給了蘿莉控貴族。不過她好堅強呢。她巧妙地討好對方，讓自己占到情婦的位子，還順利把蘿莉控貴族操弄在手掌心。當她準備以蘿莉控貴族為靠山，要出來自己開店時，魔掌伸過來了！妒火中燒的大老婆暗地牽線，害她被盜賊綁架……呀啊！後續的情節不能再講了，有損女神的清純形象。所以，照預定瑪荷是要死在今天的。」

「她們三個沒遇見我都注定會死，這並不是偶然吧？」

當中應該有什麼理由才對。

從這名女神的外在並無法看出，她的所有行為都具有意義。

「對，操控命運之際，除了要看個人的能力、才華，往後越能對未來有影響的人，其命運也就越難操控。越優秀的人越不受操控。不過，早逝而沒有未來的孩子們，命運所具備的力量就小，因此能力再優秀還是可以輕鬆操控他們的命運。效益很不錯呢。」

「妳的口氣是把我們當成棋子或什麼了吧。」

「是啊。應該說，我本身只是舞台裝置，連棋子都算不上呢。唉，不過，正如同我所透露的這些，我能做的事實在很少。」

確實很少。

要說女神在這十四年來做到了什麼，就是讓原本會死的三名少女遇見我而已。

「然後呢，妳找我來不是為了談這些吧……我也有事情要問。這個世界有太多未知的祕辛，假如妳想要我好好拯救世界，就把情報交出來。」

從認識蛇魔族米娜以後，我就一直感受到。

我對這個世界太過無知了。

不曉得規則的話，就不可能在盤面上得勝。

「咦咦咦咦咦，才不要呢。我這可不是惡意刁難喔。把規則告訴你，會消耗莫大的資源耶，嚴重到讓我不能再做其他事。」

「然而，妳卻滔滔不絕對我說了那三個人的事？」

「哎，那沒有關係啦。畢竟你不是都自己察覺到了嗎？幸虧如此，不必消耗任何資源！」

自許為舞台裝置的發言字字妥切，有雙不具感情的眼睛正把我看透。

確實如此。

跟她們三人的邂逅是由女神所安排，還有她們沒遇見我就會死，都是我早就想到的內幕。

「那麼，說妳能說的情報。把我叫來這裡也花了資源吧。既然妳是裝置，應該只會做有意義的事。」

「叮咚～～正是如此。至今你所立下的功績已被高層認定足以擔負救世之任，連帶也有額外補充的福利，可用的資源因而增加了。所以，近期將有獎賞賜予你，請確實收下。我就是為此才叫你過來的。」

「……透露獎賞的內容要消耗資源，所以不能說。還有，妳會特地運用資源把我叫到這裡，表示獎賞屬於不先提醒就會看漏的物品吧。」

女神嫣然微笑。

看來我講對了。

會這麼大費周章，似乎是很可觀的獎賞。

「我明白了。到時我必會收下……我也一樣想救這個世界。」

我由衷愛惜以盧各．圖哈德身分活著而累積至今的收穫。

而且，我也不想失去愛護、養育我長大的父母，還有肯喜歡我的蒂雅、塔兒朵、瑪荷她們三個人。

「好，那請你加油嘍。因為現在只有你能依靠了。」

「只有我能依靠……那不是重大情報嗎？如果妳說出這一點會消耗資源，我可無法接受。」

這項情報表示還有我以外的幾名重生者，而且都已經死了。

女神在我轉世重生時說沒有其他重生者是謊話？或者她是在我重生後才加了別人進來？這倒是令人好奇。

「沒關係喔。畢竟你也曉得嘛，他們就是太醒目了，帶著外掛重生，還不假思索就利用前世知識向人誇耀我最厲害我最強的那種傻瓜。不過，因為那樣被凡人覬覦而遇害的話，我也愛莫能助。唉，浪費資源。雖然幸虧人死了，資源才能調度過來。但是呢，從女神的觀點也會覺得投資基本上要分散，孤注一擲並不好。」

如女神所說，我曉得有疑似重生者的人物存在。

那種行事風格的人會廣受注目，容易被歐露娜的情報網查到。

我也曾直接跟他們見面要求合作，不知道為什麼遇到的卻都是些缺乏協調性的人，一路吃閉門羹。

而且，現階段我也掌握到他們都已經自食惡果。

透過女神在這個世界重生的人都具備高規格。

然而，那終究是在人類的範疇內，一有疏忽就會喪命。

「好了，這場夢要結束嘍。醒來後請你跟瑪荷一起迎接早晨的鳥鳴喔。再會再會～～女神的神諭傳達完畢。哎，累壞我了。今天到此收工，我要去養生中心，之後再一邊看連續劇一邊喝個小酒。」

白色房間就這樣逐漸扭曲消逝。

女神的獎賞究竟是什麼？

我得先考察一番並擬出假說，要不然，我想肯定會錯失獎賞。

Episode16

第十六話　暗殺者解除愛情魔咒

The world's best assassin, to reincarnate in a different world aristocrat

起身後，瑪荷就睡在旁邊。

完全安心而放鬆的臉。上次看到她這種表情是一起生活那時候。

身段像她這樣俐落的人很少會露出破綻，因此能看到這一面更讓人欣慰。

「……塔兒朵、蒂雅、瑪荷沒有遇見我的話，都已經死了是嗎？雖然我早就明白，當面聽到那些話還是會有感觸。」

要說那是她們的命固然容易，但我已非事事都能如此看開的傀儡了。

我轉世重生於這個世界是為了阻止艾波納失控。

可是，看了瑪荷的睡臉，我會覺得自己是為了拯救她們而重生。

「早安，盧各哥哥。」

瑪荷看似愛睏地揉著眼睛醒過來。

她應該很累吧。

起初都是隨瑪荷擺布，後半段就換我主導了。

如我所料，光靠進修有極限，瑪荷對此並不甘心。

而且不服輸的她連這方面都想拚命學習，把我逗樂了。

「早，瑪荷。身體還好嗎？」

「不好……哥哥真壞心。」

瑪荷白眼瞟來。

明明是第一次，我卻稍微粗魯過了頭。

因為她太惹人憐愛，理性就被我拋到腦後。

「是我不好。讓我為妳沖一壺茶。」

「不行，我來沖。奉茶給哥哥，對我來說是最重要的工作。」

「我差點忘了。」

三個人一起住的時候，大部分家事都是由身為專屬傭人的塔兒朵負責，然而泡茶是瑪荷的工作。

瑪荷起身披上家居服，直接往廚房走。

備有廚房也是高級旅館的特徵，一般旅館就不會在各個客房提供這些。

茶葉的香味飄來。

我聽見敲門聲，有籃子從門板底下被送進房裡。

旅館的早餐服務。來得正好。

瑪荷把茶端了過來，也一併將籃子提到我這邊。

「來用早餐吧。」

「也對，昨天運動以後肚子就餓了。」

「盧各哥哥，你平時都很帥氣，偶爾卻會講出這種有大叔味的話呢。這樣算性騷擾喔。」

居然說我有大叔味……有點傷人。

「我會留意。」

「嗯，麻煩你了。我希望哥哥能比任何人都帥氣。」

瑪荷露出微笑，我也回以微笑。

我端茶享用。瑪荷沖的茶還是一樣，面面俱到，喝了讓人心靈祥和。

還有，旅館提供的三明治。

……令人吃驚，我沒抱多大期待，味道卻還算可口。

「瑪荷，這用的是馬勒伊的麵包呢。」

「虧你嚐得出來，內餡也是高級品喔。這間旅館可是專供上流階層投宿的。」

馬勒伊是城裡數一數二的麵包店，我住穆爾鐸時都會去消費。

而且這些麵包似乎是今天早上烤好送來的。原來如此，不愧是瑪荷選中的旅館。

把這間旅館記著吧。

「呼，肚子安穩下來，我也要回去忙工作了……其實，有件事非得告訴哥哥。」

瑪荷說著就遞過來裝了文件的信封。

我拿到手裡簡略過目。

「這看來……不尋常呢。」

「是啊，相當不尋常。我正在讓當地的諜報員進一步調查。」

瑪荷給的資料上記載了位於此處西北方的城鎮，名為碧爾諾且小有規模的城鎮裡所發生的異象。

這陣子該地不只地震頻傳，一個月更有多達十幾人失蹤。

非但如此，我用於布設通訊網的纜線也斷了。

連塔兒朵拿我鍛的短刀，在以魔力強化過的狀態下也無法切開的那種纜線斷了。

目前那裡的通訊網是環狀架構，即使其中一邊斷線仍可沿反方向連線通訊，因此我並不困擾，然而那種纜線會斷掉就是件怪事。

連同居民失蹤這一點來看，有狀況正在發生。

「或許是魔族搞的鬼。而且，對方還算有腦袋。」

「哥哥設想了什麼樣的事態？」

「我接連殺掉的兜蟲與獅子都是肉體派魔族，對吧？所以說，我猜魔族會提高戒心改用陰招。從這件事情可以想到的是對方正在暗中準備大屠殺，時候一到就會將城鎮的居民瞬間宰光。而且【生命果實】長出以後，要趁難纏的傢伙趕去以前逃跑。這就是對方的打算。」

沒有多一點情報就脫不了推測的範圍，但舉例來說，對方可以事先將城鎮底下鑿空大半，再一口氣引起地盤崩塌……用這種手段的話，現在會有地震頻傳、纜線被切斷的狀況就沒什麼好奇怪了。而且若有萬一，對方可以讓城鎮的全體居民瞬間罹難。

「說得對呢。從兜蟲魔族那次的事件來看，殺完居民到【生命果實】長成會有幾天緩衝期。不過，敵人要是能讓城鎮居民瞬間全數罹難，就可以在我方發覺有狀況並趕去現場之前收拾一切……或許對方就是這麼想的。」

沒錯，正常的程序是事件發生↓展開調查↓聯絡能因應的人↓因應狀況的人趕至，無論再怎麼爭取時間，每個步驟都得花上好幾天。

假如魔族正照著我的設想在準備，人類陣營就會被它們捧走【生命果實】溜掉，束手無策吧……沒錯，除了我以外。

「仔細想想就覺得通訊網實在優秀。」

然而，只有我位於常識範圍之外。

只要這個國家發生狀況，我都可以靠通訊網立刻得知，並在當天用飛的趕到現場。

就算是魔族，應該也不曉得這一點。

正因如此才能及時搶救。

「還有一件事，我無論如何都感到好奇。」

「妳說說看。」

「為什麼魔族只出現在亞爾班王國呢？要避免戰鬥的話，挑沒有勇者和哥哥的國家下手會安全得多吧？巨魔、兜蟲和獅子三頭魔族接連襲擊了這個國家。這次異象若真的出自魔族之手，加起來就是第四頭了耶。」

「我也對這一點懷有疑問。過去我認為魔族的目的在於誘出勇者並將其除掉，所以才刻意只找這個國家下手。之前那個巨魔魔族明確提到過殺勇者是它的目的。可是呢，像這次敵人要避免遇上我和勇者，卻還出現在這個國家就很奇怪。」

從以往的文獻來看，並沒有單一國家接連遇襲的紀錄。

正因如此，周邊各國都與亞爾班王國做好了有事將外借勇者的協議。

魔族與魔王屬於每隔幾百年就會出現的災害，各國都有自己的一套因應之道。既然各國都有為自國蒙難之際做準備，魔族應該會攻擊任何國家。

可是，敵人卻不那麼做。

換句話說，表示當中有僅限這次的異常因素存在，有某種理由使它們不能對亞爾班王國以外的國家下手。

「手頭上的情報不足以當判斷材料，先一面收集情報一面因應眼前的目的……謝謝妳。有這份文件，我就可以採取各種行動。」

魔族的事找魔族打聽最快。

所幸，我有頭緒要找誰。

「有幫到哥哥就好。我沖完澡會回到歐露娜，從早上就有重要的會議。」

「妳真忙。」

「是啊。不過，那就是我扮演的角色。雖然很辛苦，但我以自己能幫到你為傲。」

瑪荷說完就進了浴室。

……好女人。

我重新體認到這點。

那麼，我去做我的工作吧。

◇

後來我回到了圖哈德領。

我派人調查疑似有魔族暗中活躍的城鎮，並且試著與蛇魔族米娜接觸。

除此之外，還有許多事要我善後。

「辛苦你了，盧各少爺。」

「盧各，你又窩在房裡了耶。」

「看來妳們倆完成今天的訓練了吧。」

塔兒朵和蒂雅點了點頭。

我在啟程之際有出作業給她們，她們倆正在進行最後的收尾。

「你在忙什麼？」

「嗯，法蘭多路德伯爵已經在開庭時發揮作用，我要做事後處置。」

「啊，聽你說我才想到。他不是愛上扮女裝的你了嗎？現在怎麼辦？」

「我正在用露的名義寫信給他，內容是說我已經平安回到領地，期盼跟伯爵見面。而且我兩個月後就會去王都，希望他等著。」

這封信是用樣似女性的筆跡所寫。

這也是暗殺者的技能。

「你這麼做，只是在跟他拖時間吧。」

「這樣就夠了。這兩個月之間，我跟他會有好幾次書信往來……我要讓露的言行、喜好與習慣在互動間漸漸脫離法蘭多路德伯爵的理想，讓他逐步感受到露與自己心目中的理想女性有大幅落差。我敢打賭，這段戀情過兩個月就會冷卻。之後，我只要直接跟對方見面演一段助他夢醒的戲，兩人間的戀情就結束了。」

被露單方面甩掉的話，法蘭多路德伯爵難保不會自暴自棄。

所以我要先安排時間，一點一滴扭曲他對露的感情。

到最後，再讓對方主動把我甩掉。

「你這麼做還滿費事的耶。」

「他發揮了很大的作用。為了順便致謝，我會讓這齣戲以最完善的方式落幕，以便讓他放心揮別已經告終的戀情，結束後什麼都不留。」

人的心容易轉變。

何況露與法蘭多路德伯爵之間萌生的戀情，是靠戲劇性表演帶來的短暫產物。

彼此都沒有多深的了解，就要逐步認識原本並不知道的部分，藉此察覺、體認對方並非理想對象，進而將懷有的興趣放下。

「盧各少爺現在的樣子感覺有點恐怖……呃，即使受到冷落，我還是會一直喜歡少爺的。」

「塔兒朵就愛操心。妳是在想，盧各或許會用剛才說的方式對妳吧。」

「呃，那個，我並不覺得少爺會拋棄我。只是，我心裡感到有一點點害怕而已。」

「妳不用慌成那樣。對於用這種方式玩弄人心的傢伙感到害怕，是理所當然會有的情緒……我會把這些事情告訴妳們，是恃著自己跟妳們建立的感情。因為我相信妳們肯接受這樣的我，才說得出口。」

只想被她們喜歡的話，我就不會露出陰暗面。

即使如此，我仍當面展現出來，這是因為我信任她們倆，更是為了對一直掛懷著露這件事的兩個人做交代，要她們放心。

「是的！少爺，我放心了。」

「盧各，假如這種事能讓我反感，我從一開始就不會喜歡你嘍。」

「這樣啊。」

我微微苦笑，然後把信寫完。

信被綁在信鴿腿上。

這隻信鴿並非圖哈德家所有，而是法蘭多路德伯爵送給露的。

他應該想都沒想過，為了傳遞愛意而送的信鴿會帶來分手的結果吧。

白鴿展翅飛舞，直上天空。

這樣法蘭多路德伯爵之事就了結了。

我咳了一聲清嗓。

「塔兒朵、蒂雅，明天我會讓妳們交作業，要做好準備。」

接著就好好驗收我不在的這段期間，她們倆所獲得的新力量吧。

Interlude

幕間

The world's best assassin, to reincarnate in a different world aristocrat

我換上方便活動的服裝，帶著蒂雅、塔兒朵來到圖哈德家擁有的後山。

如果是一般訓練，我會利用屋邸的中庭或訓練場，但需要寬廣空間或者會對周圍造成大規模損害的話就是來這裡。

實驗新魔法之類尤其得靠這座後山，原本明明是一片樹木繁茂的森林，如今卻成了荒野。

「妳們倆都完成我出的作業了吧。」

「我想讓少爺大吃一驚就努力完成了！」

「完全沒問題喔。」

我對她們倆有信心與期待。

不知道為什麼，塔兒朵和蒂雅都喜歡被誇獎，而且還喜歡用來誇小孩的表達方式。

有一定年紀以後，還用那一套會讓我難為情……她們卻好像覺得沒關係。

「那麼，先來驗收塔兒朵的成果吧？」

「好，我要開始嘍。」

塔兒朵握緊拳頭使勁後，狐耳和毛茸茸的狐狸尾巴就長出來了。

依然很可愛。

而且與那副可愛的模樣呈對比，野生肉食獸具有的殺氣隨之充斥四周。

【獸化】。勇者用【追隨我的眾騎士】之力賦予我，再由我賦予塔兒朵的技能。

可以爆發性提升體能，還能讓五感獲得超強化，那是屬於塔兒朵的殺手鐧。而且，代價是會被野獸的本能牽著鼻子走。

以往的塔兒朵無法抵抗那種本能。

可是……

「用看的就知道，妳的眼裡有知性。」

儘管散發著攻擊性的氣息，卻依然保有塔兒朵的眼神。

「是的，我照少爺說的，盡量多使用【獸化】，並且在有效期間一直撐著克制住自己。剛開始完全做不到，但是我一步一步慢慢適應了。」

「那麼，來做測試。塔兒朵，用妳擅長的魔法【風盾外裝】讓我看看。」

【風盾外裝】，在身上披戴風之鎧甲的魔法。

環繞於身的風將化為防禦，將停留的風釋出還可用於加速，攻防兼備的魔法。這道魔法非常好運用，因此我也常用。

亦屬難度極高的原創魔法。

「請少爺看著。【風盾外裝】！」

塔兒朵到底已經唱誦過幾千、幾萬次，魔法流暢無阻地在唱誦下生效。

風以她為中心捲起，然後將她裹住。

「完美……雖然說這是妳熟練的招式，既然能在【獸化】時使用這種難度的魔法，表示絕大多數的魔法都使得出來。」

「我試過了。跟少爺學到的魔法當中，只有兩項使不出來。」

聽到兩項，內容不用問也知道。

在我傳給塔兒朵的原創魔法中格外困難的項目，連平時的她用三次也不確定是否能成功一次。

使不出那些與其歸咎於【獸化】，更應該說是能耐的問題。

「做得好。這明明是一項困難的作業。」

我把塔兒朵摟進懷裡。塔兒朵解除了風之鎧，依偎著我撒嬌，而我摸了摸她的頭。

「呵呵，雖然練得很辛苦，但我想著要幫上少爺的忙就努力練成了。」

我出給塔兒朵的作業就是駕馭住【獸化】。

以往塔兒朵一旦【獸化】，就只會任由本能大肆胡鬧。視野變得狹隘，攻擊全傾向於直來直往。魔法也只使得出簡單的項目，抵銷了塔兒朵本身的長處。

【獸化】帶來的強化效果驚人，即使撇開那些缺點還是能發揮十二成的威力。然而，在跟真正的強者作戰時，其缺點就會露餡。

只顧攻擊可不行，要守，要騙，要逃跑。對手越強就越需要用戰略，而且為了拓展戰略的幅度，必須有好幾張底牌。

好比練就於身的槍術、用藏帶的手槍射擊、我與蒂雅傳給她的魔法等等。

力量與技巧，塔兒朵遲早會碰上非要兩者兼具才能打倒的對手。

（而作為測試的基準，我給她出了要能在【獸化】狀態使用高階魔法的課題。）

使用如此艱深的魔法必須保有自我。這就是塔兒朵靠理性在行動的證據。

「合格了，我會安排之前講好的獎勵。」

我鬆手放開懷裡的塔兒朵，稍微保持距離，然後將手擺在她的肩膀上這麼說道。

「是，我非常非常期待少爺的獎勵。」

塔兒朵要求的獎勵有點讓我意外，但是她已經像這樣期待得眼神為之一亮，我應該不用多給什麼意見。

塔兒朵解除【獸化】退到後面，蒂雅就取而代之上前。

「接著換我嘍。來展現我的研究成果。」

蒂雅的表情比往常還要神采飛揚。她像這樣擺出的得意臉色最可愛了。

「莫非妳真的成功了？我本來還覺得出了道不講理的難題。」

「啊～～！我就知道。這次真的讓我累壞了耶！」

蒂雅鼓起腮幫子。

連那副模樣都讓我覺得可愛，逗趣感更勝於凶悍。

「抱歉抱歉，妳果然厲害。」

「我可是姊姊啊。這就是改良過的魔彈。」

那是我們用於手槍的子彈。

如果施展【槍擊】這一招魔法，子彈會在膛內被製造出來，然後隨爆破魔法射出，但若是做好帶在身上的手槍，我們就會事先製造要用的子彈。

從蒂雅手中接過來的子彈表面刻著魔力符文。

那是回饋分析【鶴皮之囊】所得的情報後製作的魔道具。

其特質是可以將魔法封藏在內。

「哦，妳將試作品做了不少修改。」

「因為有許多部分都錯了嘛。實物不在手邊，我費了好大的工夫。」

出發前，我就把子彈試作品與我統整研究成果寫成的論文，還有試作品的測試數據都交給了蒂雅。

如蒂雅所說，把分析對象【鶴皮之囊】交給她會比較好辦，然而沒有那東西，我就無法在法庭上勝訴。

仔細端詳蒂雅改良的子彈，會發現我提出的理論，亦即在進入實作前的上一個階段已經出了錯。

傷腦筋呢，難怪怎麼試都無法完成。

「我可以問妳一件事嗎？為什麼【鶴皮之囊】的實物不在手邊，妳卻可以發現論文有錯？」

明明手邊沒有用於分析的實物，卻能發現據此寫成的論文有錯，本來就不合道理。

「很簡單啊。論文的這邊跟這邊，看了就不對勁嘛，其他環節都有條有理，只有這裡很奇怪。該怎麼說呢？文字的旋律就斷在這邊。所以我把內容順一順，打通了文章的思路。」

「這可天才了……」

我自以為了解蒂雅是個超乎常規的天才，在探尋魔法規則性以及研發術式等方面，她總是快我一步。連具備程式概念，在前世曾為術士級駭客的我有原理想不透，她都能觸類旁通。蒂雅的悟性從以前就無人能及。

這是我的猜測，我當文字看待的內容，蒂雅恐怕是以類似音律的形式在領會。靠努力怎也比不過的天賦之才。

「我可以試試嗎？」

「請啊請啊，你肯定會嚇一跳喔。」

我點頭，然後握緊子彈唱誦魔法。

接著將那顆子彈填入槍膛，並且射擊。

子彈命中兩百公尺外當成目標的巨岩。

幾秒後，從巨岩內側發生爆炸，將其轟得粉碎。

「完美……封藏在子彈裡的魔法生效了。」

「當然嘍。夠厲害吧。」

「這才不是一句厲害就能形容的。」

我碰到瓶頸而沒有完成的理論，蒂雅只用短短約一週的時間就圓滿完成了。

還有，這種魔法的實用性更是驚人。

魔法的弱點在於其射程。以爆破魔法而言，頂多只有數十公尺，無視精度的話至多只能命中一百公尺外。

然而，能把魔法封藏在子彈裡的話，射程將遍及幾百公尺外。可以像剛才那樣，從巨岩內側讓魔法生效將其炸碎更是一大優勢。

這會成為一張強大的底牌。

「尊不尊敬姊姊？」

「當然尊敬。」

「只有口頭上嗎？」

蒂雅貼近距離，往上瞟過來。

我露出苦笑，並且像之前對待塔兒朵那樣摟住她，摸了摸她的頭。

「妳把姊姊的稱謂掛在嘴邊，卻喜歡讓我這樣對妳。」

「那碼歸那碼，這碼歸這碼。身為姊姊，我希望受到尊敬、受到仰賴；身為女朋友，我就想毫無保留地向你撒嬌啊。」

「是嗎？那我就照辦吧。」

我尊敬蒂雅，也希望讓她撒嬌。雙方的需求與供給一致。

「另外，你別忘了獎勵喔。我就是期待那個才熬夜好幾天的！」

「原來妳這麼拚啊。」

「是你出了不這麼拚就做不完的作業耶！」

「的確。」

畢竟連我都訝異她真的辦到了。

（她們倆都很了不起。）

塔兒朵和蒂雅都有了克服難題的能力。

我要用獎勵來回報她們的努力。

而且我自己也得成長，為了讓她們繼續以我為傲。

Episode17

第十七話　暗殺者前往圮毀城鎮

The world's best assassin, to reincarnate in a different world aristocrat

碧爾諾出事了，得立刻趕到當地。

「收不到定時聯絡。」

地震頻傳的城鎮碧爾諾，我交代過那裡的諜報員一定要定時聯絡。

將定時聯絡設為常規，只要發現毫無聯絡就等於狀況有異。

「其實我希望多收集一些情報再行動就是了。」

沒能從蛇魔族米娜那裡得到情報尤其不利。

在聖地，我有從雅蘭．嘉露菈口中得到最基本的情報。原本魔族就只有八名，當中四名的存在已經辨明，只剩四名不得而知。

即使以當下知道的情報也可以釐清到一定程度。

話雖如此，那終究只是傳述下來的資訊，內容含糊……換成米娜就能提供更明確的情報才是。

找不到米娜會是偶然嗎？或者她刻意不給情報？就連這一點都無法了解。

「……我能採取的手段就兩項吧。」

第一，繼續收集情報，在判斷能贏之前都不行動。

第二，現在立刻前往碧爾諾尋找魔族。

兩種做法各有利弊。

若繼續收集情報，就可以提高勝算。然而，或許會讓【生命果實】在收集到情報前先成長完畢，而讓魔族溜掉。

反過來講，現在立刻前往碧爾諾的好處在於必定能妨礙【生命果實】成長，只是對敵人一無所知就出擊是相當危險的。

「那只好用折衷方案嘍。」

即刻趕往當地。

不過就算有魔族在，我也不會立刻就出手。

要一邊觀察情況一邊收集情報。

這就是最妥善的做法吧。

◇

吃完早餐後，我立刻吩咐塔兒朵與蒂雅準備啟程。

她們倆露出訝異的神情，然後點頭，各自整裝。

塔兒朵並不是拿往常的三節槍，而是裝備我所鑄造的魔槍；蒂雅也細心地著手保養手槍。

準備一完成，便立刻搭滑翔翼啟航。

「盧各，這次的魔族不知道是什麼模樣對吧？」

「嗯，所以先由我去探探狀況。麻煩妳們倆躲在遠處。」

『好的，畢竟那屬於少爺的長項。希望這次的魔族比較弱。』

塔兒朵照例是一個人飛行，所以我們用對講機聯絡。

這次之所以由我一個人擔任斥候，固然是因為這樣最不容易被察覺，更重要的是當苗頭不對時才容易脫身。

並非被魔族發現便非戰不可。勝算渺茫就要逃，這一點我也有納入視野。

「先別談弱不弱，目前根本還不確定敵人是否為魔族……我倒希望撲空。」

我打從心裡如此祈願。

比方說，日前交手過的獅子魔族。假如毫無事前情報就要跟它鬥，或許我贏不了。

在事前接獲情報，做好萬全準備才總算拾得了勝利。

米娜說過那頭獅子在魔族屬於首屈一指的強者，但是那並不代表其他魔族的實力就弱。

「呃，快到了對不對？剛才我們已經通過巴魯亞城了。」

「是啊，就算能看見目的地也不奇怪才對。」

我將魔力集中於圖哈德之眼，強化視力。

於是，我說不出話了。

該地確實曾有城鎮存在……然而，那已經無法稱為城鎮了。

『太過分了。怎麼……會變成那樣？』

「不會吧。城鎮陷下去了。」

如蒂雅所說，眼底的景象只能解讀為城鎮下陷。

幾千人居住的大規模城市，整座陷入了深坑當中，要形容其慘狀唯有如此。

很深很深的坑。畢竟連這座城內最高的塔都沒有從坑裡探出頭。

就我從空中觀測到的，那是深達一百公尺以上的誇張坑洞。

由建築物的毀損狀況來看，城鎮是在一瞬間下陷。

居民恐怕都當場斃命了。

多麼狠毒。

「……早點得知的話，說不定我還能防範。」

「說這些也無濟於事啊。雖然沒能防範，察覺到就要慶幸才是。」

「也對。」

因為有通訊網，又把定時聯絡設為常規，我才能察覺。
如果沒有那麼做，這座城便無法發出情報，我方的第一步行動會遲上數天。
事態並未發展成那樣就已經不是最糟的結果了。

◇

滑翔翼著陸以後，由我先獨自前往曾是碧爾諾的瓦礫堆。我御風緩緩下降至巨坑底部。
……好重的臭味。
儘管尚未腐壞，摔爛的人類內臟濺得到處都是。
當場死亡而沒有多受苦，對居民們來說至少算是救贖吧。
我隱藏氣息，抹去自己走動的聲音。
可是，這樣依然有極高的風險會被發現。
居住在地裡的生物大多以感應震動的能力為長項。
就算不發出聲音，既然我走在坑裡，造成的震動就難以盡掩，也許會被敵人感受到沿地面傳達的搖晃。
我對此有所警戒，姑且用了風當緩衝以求心安。

「原來如此，栽培【生命果實】就是用這種方式……把靈魂當食物簡直荒謬。」

將圖哈德之眼的力量提升至極限，甚至連靈魂都能觀測到。

一般而言，人死後靈魂將會歸天，照女神的說法，那會在漂白後寄宿到新的容器。

重生的我則是刻意不予漂白，將知識及經驗保留下來。

然而，這裡的靈魂全部被繫留於地上，不得歸天，而且在慢慢融化以後都流到了某處。

「對付兜蟲時就誤解了。」

當時我判斷敵人是為了栽培【生命果實】而吸收人類的營養與魔力。

兜蟲魔族應該確實曾有那樣的意圖，但是那似乎不是為了栽培【生命果實】。

【生命果實】所使用的是靈魂，那傢伙只是利用多出來的營養與魔力幫助樹妖繁殖罷了。

而且，我重新體認到那些魔族對人類，不，對世界而言是多麼有害的存在。

按照常理，人死了以後，靈魂仍會輪迴。換句話說，靈魂的數目不減。

可是，像這樣融化加工過的靈魂根本就無法再轉世投胎。

存在於世界的靈魂數目將逐漸減少。既然女神會特地花工夫再次利用，表示靈魂應該並沒有那麼容易孕育。

「正因如此，魔王復活才需要那玩意兒吧。」

魔力是靈魂孕育出來的力量，而靈魂本身的力量更強，耗盡成千上萬的靈魂凝縮成的力量應該超乎想像吧。

可以想見魔王的絕對性強大正是由此而來。

……啊，我懂了，原來是這樣。

思緒運作至今，我企及一個假說了。

關於勇者力量的真面目。

以往魔族在隻字片語間就給過提示。

『那怎麼可能算是人類呢。』

『存在本身就不同。』

『不能跟那種怪物正面交戰。』

對魔族而言，勇者一樣是異類，那並非單指強度，而是從存在的根本就有區別。

簡單說，我跟魔族到頭來都屬於只有一個靈魂的生物，勇者的本質卻與魔王相同，他們都是凝縮了成千上萬靈魂而誕生的存在。

既然如此，女神們在一個時代只能讓一名勇者誕生也就可以理解了。要是不停創造那樣的存在，靈魂將會枯竭。

至今想到的解答在我腦裡串聯在一起，我越思考就越覺得這項假說正確。

「哈哈哈哈哈哈哈哈哈哈哈哈哈哈。」

而我的思緒硬是被高亢笑聲打斷。

令人不快的笑聲。

這是什麼把戲？

「在我的巢裡還活著。不可思議，不可思議，還活著，還活著，但是沒用，我不會讓你逃走。」

滿溢而出的壓倒性魔力與瘴氣的氣息，這是魔族的特徵。

從地裡有無數滑溜的粉紅色觸手探出臉，每一根都比我的身軀更粗更長。

而那些觸手張開汗腺，吐出粉紅色霧氣，將坑洞內部灌滿。

……這種霧不妙，吸進去當場就完了。

「得先回到地上。」

收集情報固然重要，活下去仍是第一優先。

在應付這片霧氣的同時火速祭出回地上的手段吧。

Episode18

第十八話——暗殺者接受地中龍洗禮

The world's best assassin, to reincarnate in a different world aristocrat

裹覆黏液的無數觸手將我包圍，每一根看起來都像巨大的蚯蚓。

危險的是那玩意兒噴出的粉紅色霧氣。

何止是附近的屍體，連石頭都變得軟爛融化了。

而且那種氣體的比重似乎較空氣重，坑洞裡正逐步被其灌滿，使我漸漸無路可退。

即使受過暗殺者訓練的我從小就攝取毒素，培養出抗性，吸了魔族製造的毒想必也無法平安無事。

我開始唱誦。

風捲起，吹散粉紅色霧氣。

「不行不行，不行喔，即使你反抗也沒用沒用沒用。我都看在眼裡。」

在對方說話的同時，眾多觸手朝我撲了過來。

好快。

每一根都像武術高人揮舞的長鞭。高人揮舞的鞭頭超越音速，而這些活生生的觸手能更迅速地做出複雜的動作。

更重要的是，它們具備壓倒性質量。

曲線運動不容易看穿。

然而……

「我就應付給你瞧瞧。」

我一面將魔力灌注在圖哈德之眼一面御風閃躲，而非單靠自己的身法。

連番攻勢被我用特技般的動作避開。

接著，我擲出短刀。

短刀插進其中一根觸手。

觸手比我的身體還粗，短刀插上去對敵人根本不痛不癢。

不過，那並非普通短刀。

插上去的短刀被引爆，將觸手連根炸飛。

用我的方式將WASP戰術刀加以改良過的兵器。

爆炸的並非插上去的短刀，而是短刀具備插入後會噴出瓦斯，從目標體內引發爆炸的結構。

對付生物極為有效。

雖然這算我閒暇之餘研發的玩具，對付這種敵人卻是最合適不過。

希望多少能讓對方感覺到痛癢……

「我想也是。」

剩下的觸手既無哀號也無畏縮，仍陸續朝我攻擊。

而且，連根炸斷的觸手也理所當然似的再生了。

我咂了嘴，隨即御風抬升高度。

……說穿了，我拿對方無可奈何。

即使陪那些觸手玩也得不到有用的情報。應該撤退。

我縱身躍起，順勢藉著風之力攀升。

這次的魔族對我們來說是鬼門關，或許比那個獅子魔族更棘手。

沒多久，觸手就搆不到我了。

但是，我不會鬆懈。

因為對方不可能輕易放過我。

「哈哈哈哈哈哈哈哈哈哈哈哈哈。」

特徵明顯的笑聲響起，地面隨之搖晃。足以讓崩塌建築物攔腰折斷的大地震。

於是，它現身了。

棕褐色毛蟲，讓人看了發毛的龐大身軀只能如此形容，全長遠遠超過一百公尺。

它的嘴邊有之前逼迫我撤退的粉紅色觸手蠢動著。

儘管身軀龐大，它卻當場跳了起來，而且勁道驚人。

多麼巨大，宛如高樓大廈。

這樣下去會被它追上。

用珐爾石迎擊？不成，距離太近。在這個距離之內連我都會受爆炸波及，無法全身而退。

雖然有點可惜，就用那招吧。

「【砲門齊射（Fullfire）】。」

我從【鶴皮之囊】一舉取出大砲，展開齊射。

原本得用腳架固定在地面，否則就會被後座力震飛的強大火器。

雖然我藉著磁力來固定，但我的魔力不可能完全擋下數十挺砲門的後座力。

擋不住後座力的砲身因而後仰，即使如此，砲彈仍朝著瞄準的方向飛去。

精度只能說在最低限度，但我瞄準了正下方，對方軀體又如此龐大，故能命中。

砲雨打穿其肉身。

「哈哈哈哈哈哈。」

肉身被打穿，對方卻還是直衝而來。

傷口上的肉在蠢動，跟嘴邊相同的觸手從中伸出，模樣駭人。

雖然沒能造成致命傷，砲擊的壓倒性動能成功減緩了對方的速度。這樣就可以把它甩掉。

然而，從伸得最長的觸手裡面，又伸出細細的觸手纏住了我的腿。

觸手的黏液滴落，連用魔族皮膜製作的戰鬥服都開始融解了。

假如我穿普通的衣服，就會被它瞬間融掉，而我的腿應該也融穿入骨了。

我卸下環繞於身的風之鎧，並將風力全部轉為推進力，獲得爆發性的加速。細觸手硬是被我扯斷了。

我勉強由深坑竄出，降落在地表。

從地表瞪向坑裡，褐色毛蟲也跳出坑洞，身軀停留在半空。

那動作有如縱出海面翻身的鯨魚，到達最高點以後就直接落了下去。

「哈哈哈哈哈哈哈哈，遺憾，遺憾，下次再玩。回去回去。」

幾秒後，其質量重叩於地面，使大地發出哀號而搖盪。

隨後現場彷彿無事一般，回歸寂靜。

……看來它會殺光進坑的生物，對於離坑的人卻好像不予干涉。

探頭看向坑內，龐然身軀已經消失於地底。

含蓄來說。

「糟透了。跟我犯沖到極點。」

目前我想不出有什麼手段能勝過那傢伙。

我小心翼翼地解開纏在腿上的細觸手殘骸，並且裝進瓶裡。

這玩意兒大有可能讓我獲得一些情報。

◇

後來我並沒有再入坑探索，而是跟塔兒朵及蒂雅會合。

進入坑裡立刻會被發現，就算再跟它交手一次，我也沒辦法打倒對方，更不認為能獲得進一步的情報。

「我回來了。」

「盧各，好誇張喔。我們從這邊也看見那隻大傢伙了。」

「歡迎回來。呃，少爺請用，這是檸檬水。」

「謝謝。」

我從塔兒朵手裡接過檸檬水，潤了潤喉嚨。

酸味與甜度都順口。

「所以說，怎麼樣呢？你找出辦法打倒它了嗎？」

「關於這個嘛，目前幾乎拿它沒辦法。」

以往無論目睹什麼樣的魔族，我大致都能想到要怎麼攻略，卻構思不出打倒那傢伙的方法。

「也對呢……誰教那東西太大了，【誅討魔族】沒辦法命中弱點嘛。」

「正是如此。對手的全長超過一百公尺，反觀我方的【誅討魔族】射程只有幾公尺而已。再說我們必須找出紅之心臟的位置，就算找得出來，若是位於敵人身體的中心，射程便無法觸及。」

魔族之所以難對付，就是因為得用【誅討魔族】等手段將維繫其存在的作用力，亦即核心處的【紅之心臟】予以粉碎，否則便會無限再生。

然而，對方龐大到這種地步，攻擊很可能沒辦法觸及紅之心臟。

「少爺，那隻毛蟲會鑽進洞裡，也是棘手的一點呢。」

「對，隨時都能逃進地底可難纏了。照那種尺寸來看，也沒辦法把它攔住。」

能在地底活動是一項壓倒性優勢。

無論對方陷入何種絕境，隨時都能捲土重來。

此外，在防禦力方面也很棘手。

舉例來講，我想過可以像之前對付兜蟲魔族那樣，用琺爾石轟炸把敵人逼出來，但被它潛入地底深處的話，威力將大打折扣。

連用神槍【昆古尼爾】也一樣。

而且，那傢伙沒有對離坑的我窮追猛打，也是令人感到不安的材料。

那證明它優先的是栽培【生命果實】，而非殺了我們。如果感到有生命危險，那傢伙應該會立刻逃進地底。

「這麼說來，它算是什麼魔族呢？」

「在剩下的四尊魔族塑像中，只有一種符合。外表像毛蟲的它似乎是龍。」

「少爺，我原本以為龍會長得更威風耶。」

「……也對。不過，其規模之大儼然可稱為龍。」

地中龍。傳述裡是如此稱呼。

據說它以往也曾從地底將整座城鎮吞沒。

「我問你喔，當時勇者打倒它的方式有沒有留下記載呢？勇者也有經過苦戰吧。畢竟被它逃進坑裡會很頭痛啊。」

「按照傳述，那傢伙吃了勇者回到土裡，但勇者似乎就從肚子裡下重手殺了它。」

「盧各，我們或許可以模仿那一招耶。進入對方體內以後，就算又被它逃到土裡也不礙事，【誅討魔族】也能觸及紅之心臟。」

「是啊……不過，它會灑出連石頭都能夠融掉的毒霧。要進入那種對手的體內可就恐怖了。」

「唔，感覺會在瞬間被融化耶。」

話雖如此，照這樣下去真的無步可走。

把傳述的事蹟當提示是正確方針，而且也得到了敵人是地中龍的鐵證。

這麼說來，記載中有寫到勇者陷入苦戰，還曾經做過敗陣的覺悟，然而暴風雨吹來以後，地中龍的動作頓時就變慢了。

暴風雨有什麼玄機嗎？

「……來試試看吧。」

「怎麼了，盧各，突然拿珐爾石出來？」

「在放棄以前，我想試著騷擾一下那傢伙。」

這只是靈光一閃，但有試的價值。

手邊正好也有它的肉體裝在瓶子裡，可以供我驗證。

……我認為別寄託在那一絲希望，撤退才是明智的抉擇。然後要找艾波納來助陣，儘管幾乎保證來不及。萬一艾波納趕上了，憑她或許就能戰勝敵人。

可是，我不想賭那樣的萬一。

沒有在這裡擋住它的話，【生命果實】將遭到收割，那不只會讓魔王復活之期逼近，下次對方仍會用同一套襲擊其他城鎮才對。

到時候，說不定將換成圖哈德領、穆爾鐸這類有至親居住的城鎮遭殃。

所以，我要在這裡用全力收拾那傢伙。

這並非出於正義感，而是為了保護我所重視的人事物。

Episode19

第十九話 暗殺者覓得活路

The world's best assassin, to reincarnate in a different world aristocrat

對上地中龍的初戰相當艱苦。

我並未找出任何一條足以稱為勝算的線索。

不過，我沒有空手而回。

首先我成功釐清對方就是傳述裡的地中龍了。

而且，我也確認到它具備跟傳述中相同的特質，因此過去曾留下記載，對方卻沒有當場展現的能力也就多了一份根據。

此外，從它身上切離的觸手仍然在經過特殊加工的瓶子裡蠢動。

精確來說，是從觸手裡面又伸出來的觸手。

這兩項收穫不會直接帶給我勝算，但是在分析後將找出可能性。

「請問，少爺為什麼正在對琺爾石灌注魔力呢？灌飽魔力的琺爾石，明明就已經有這麼多了。」

塔兒朵看似不解地問。

「我灌注的魔力屬性不一樣。原本就備妥的琺爾石有的是當作電池來用，裡面灌了無屬性魔力；爆破專用的則是混了火、土、風屬性魔力……然而，這次我準備的貨色有加上不同的屬性。」

琺爾石會大量吸收魔力。因此，改換注入的魔力就可以使它的性質搖身一變。

「啊，我懂了。盧各，你想喚來暴風雨對吧。」

「是啊，只要注入三百人份的風與水屬性魔力，連暴風雨都能喚來……暴風雨本身能直接造成的火力較低，以往我就沒有製造過，但傳述提到它在暴風雨中動作會變慢，所以這有一試的價值。」

我說著仍繼續將魔力灌入琺爾石。

「哦，聽起來有意思耶。不過要在短時間內將魔力注滿琺爾石，就算是你也會有困難啊。」

照一般的做法是那樣沒錯。

我的【超回復】終究只有讓魔力回復量變成一百幾十倍。

要是用全力不停灌注魔力，在琺爾石灌滿之前，我的魔力就會枯竭。

「所以我才像這樣用右手握著灌有無屬性魔力的琺爾石，從中將魔力引出，再透過我的身體轉換屬性注入空的琺爾石。這樣的話，就可以毫無消耗地灌注魔力……最少要準備五顆能喚來暴風雨的琺爾石。」

「我從來沒想過可以那樣做耶……嗯，盧各，但我覺得辦得到。要我幫忙嗎？」

「呃，不必了。我能這麼做，是因為琺爾石裡灌注的魔力都歸我所有。就算妳操控魔力的技術再高，要為他人的魔力轉換屬性也嫌吃力吧。」

「那倒也是……雖然我辦得到，負擔卻很大。對不起喔。」

「辦得到就已經異於常人了，但是她對此並沒有自覺。」

「我有別的事情想要拜託妳。接下來我會講解自己的用意，麻煩聽我說。塔兒朵也一樣。」

她們倆都湊近坐下。

這次的作戰計畫靠我一個人無從著手。

需要她們的助力。

我在腦裡整理情報，然後開始說明。

「跟那頭地中龍對峙時，曾有好幾處疑點。妳們倆也有看見那龐然身軀以及從口中伸出的蚯蚓般的觸手吧？」

「嗯，那麼大的話，從這裡都能看見啊。」

「其中一根觸手曾被我用戰術刀炸斷。但是，它在轉眼間就再生了。」

「這沒什麼好奇怪的啊。除非紅之心臟遭到粉碎，否則魔族都會無止盡地再生。」

「是的，所以少爺到目前為止都費了好大的勁才能打倒魔族。」

「再生這件事不算奇怪。可是，當時我目睹的狀況有異。斷裂的觸手仍然在彈跳，新的肉就從切斷面隆起長了出來，變回原本的長度。而且，從觸手分離出去的碎肉始終活蹦亂跳。」

蒂雅聽我一說似乎就察覺不對勁了，塔兒朵倒是偏著頭沒有想通。

「啊，對喔……那樣聽起來並不像魔族耶。」

「對不起，我跟不上你們兩位的話題。」

「再說得詳細一點的話，魔族的再生是將狀態倒回，讓一切回復應有的面貌。可是，地中龍展現的回復方式卻是讓肉隆起長出，未免太貼近正常的生理機能，斷開的碎肉會留在地上根本不合乎魔族的再生方式。」

不可理喻的概念式再生才是魔族的最大利器。

然而，那頭地中龍卻異於其他魔族。

過去打倒的巨魔魔族、兜蟲魔族與獅子魔族，於再生之際都完全將狀態倒了回去。

被砍斷的手腳也是不知不覺中就消失了。

可是，就只有地中龍不同。它只是發揮出生物性的再生能力。

「盧各，那樣的話，會不會表示它並不算魔族？」

「不，它正在栽培【生命果實】。能褻瀆靈魂施以加工的唯有魔族，因此對方是屬於魔族。但是，看來那傢伙並非整副身軀都屬於魔族。」

「……啊，我懂了。意思是分成外側跟內側對吧。」

「是啊，要不然就無法得到說明。我猜魔族大概在那頭怪物的肚子裡，搭配傳述來設想也會是如此。勇者從內部出手打倒它的說法對了一半，也錯了一半。勇者應該是在地中龍體內遇到了魔族才對……證據就在這裡。冷靜以後我總算發現了，魔族的肉片根本不可能像這樣裝在瓶子裡讓我帶回來。」

我指向用瓶子裝著卻依然生猛有力地亂跳的觸手。

假如那頭地中龍真的是魔族，斷開的觸手早應該消失並回歸原位。

在戰鬥中炸碎的爛肉，短時間之內或許還可能維持這種狀態，而我也有可能看漏，但這玩意兒就是決定性的證據。

當然，光憑這一點就斷定外側與內側分屬不同物種也說不過去。

不過若我假設得沒錯，勝算便隨之而生。

「那麼，你要拜託我們的就只有一件事嘍。」

「對，假如外側不屬於魔族，只要不停對它造成殺傷，再生速度就會追不上而死去才對。我跟勇者不一樣，沒辦法在地中龍體內讓黏液融解自己的身體還一邊進行探索。所以我要從外側殺死它，然後把魔族從地中龍體內拖出來。這麼做的話，或許就殺得了魔族。我想要拜託的事情，就是請妳們在地中龍被我從巢穴拖出來以後，趁機對外皮用超高火力的飽和攻擊讓它死透……所以嘍，蒂雅、塔兒朵，這給妳們用。」

我把手頭上注有土、火、風魔力的爆破用珐爾石幾無保留地交給塔兒朵和蒂雅。只給自己留了兩顆當底牌，大排場。

「我負責把那傢伙從巢穴引出來。畢竟讓它潛伏在地底，就算用超高火力也沒辦法讓它死透。等那傢伙從坑裡出現，妳們就把那些珐爾石全部用掉，拿最強火力猛轟。」

「呃，對方那麼大，你能把它從坑裡拖出來嗎？」

「為此我才準備了目前正在灌注魔力的珐爾石啊。」

這肯定是要賭命的，不過一度跟敵人對峙過的我覺得可行。

「用珐爾石，而且由我跟蒂雅小姐聯手。啊，我曉得了。」

「我也懂了喔。由我負責讓珐爾石達到臨界點，還要計算珐爾石的擺法，讓爆破的效果達到最高；塔兒朵則負責照我的指示用風魔法把珐爾石送到。」

「正是如此。」

珐爾石的爆破固然強力，但是最能發揮效果的用法是包圍住敵人再壓碎引爆。

爆發能量會呈放射狀將威力擴散出去。

普通的用法會導致大半威力流失。要防止流失，可以將目標包圍起來再連鎖引爆。威力將集中於中心，讓目標無處可逃。

要求出最有效果的擺法，一邊還得迅速讓珐爾石達到臨界，連爆破的時間點都必須算進去，這並非常人能辦到的技倆。

但是，憑蒂雅的頭腦及天分就能辦到。問題在於光靠她用手投擲，並不能讓珐爾石按照計算到定位。

這時候就換塔兒朵表現了。塔兒朵已經將風魔法練得滾瓜爛熟，精準度極高，更能把複數的珐爾石送到蒂雅所指定的位置。

「還滿嚴苛的耶。畢竟預想中是要抓準它從坑裡衝上來的那一刻，會需要立體性的配置。」

「感覺好辛苦喔。」

「蒂雅要在幾秒鐘以內進行三次元的高深運算，塔兒朵得在一瞬間照計算讓珐爾石飛到定位……兩者都是至今最苛刻的要求。」

塔兒朵和蒂雅望向彼此的臉。

我知道自己吩咐的事情不好辦。

而且，我光是要痛揍那傢伙就騰不出心思，無法掩護她們倆。

「不過呢，我接下這份工作。」

「……我也一樣。呃，盧各少爺，請告訴我，你是覺得我們能辦到才下命令嗎？」

「對，沒錯。我判斷憑妳們現在的能力就能辦到。」

「那我會努力的！」

答得好。

很像塔兒朵的作風。

並不是這樣就規劃完畢了，還要為實行作戰做準備，並且擬定策略失敗之際的備用方案。

要實踐這種充斥假設的作戰，當然得顧及失敗時的情況。

◇

幾小時後，在我手邊已經備妥專為這次作戰製造的琺爾石。

我帶著那些跳入坑中，施展風魔法。

藉此我停留在一定的高度。

……來這裡以前，我用觸手的碎塊做過驗證，以便了解傳述裡的地中龍為何會排斥暴風雨。

於是我得到了十分明瞭的結果。

原因單純在於這傢伙怕水。它的棕褐色外皮可以防水，但是內側的觸手一碰到水，很容易就會讓黏液流失。

黏液對它來說意義重大。黏液能融化觸及的物體，蒸發後可以化為毒霧，刀鋒砍中更會滑溜失準，攻擊防禦皆有用處。

此外，當黏液流失時，它還有從內側吐出黏液補充的習性，一直被水淋到的話就會變得乾枯衰弱。這正是它排斥暴風雨的理由。

那麼，我該做的只有一件事。

目前我手上的琺爾石並不是當初打算做的風水複合型，而是百分之百灌滿水屬性的貨色。

我把這種要命的玩意兒丟了兩顆到坑裡。

注有三百人份水魔力的琺爾石炸開後會如何？

答案很簡單。

其結果已經出現在眼前。

只能用大瀑布形容的浩瀚水量正要將深坑填滿。

這一帶的地層似乎排水性不良，坑裡的水位越來越高，仿若水壩。

如果我假設錯了，整副龐然身軀都具備魔族的特性，那它只要窩在坑裡不出來就好。就算淹死，也能馬上再生。水遲早會流光，那傢伙窩在底下便沒問題。

但如果外側的並非魔族，而是其眷屬，對方就不能坐以待斃。

畢竟眷屬死了便無法挽救。雖然我不確定它的死因將是黏液流失殆盡而衰亡，或者窒息身亡，最終都得死。

至於第三種選項離開現場，對方一樣辦不到。

我有聽蛇魔族米娜提過，要是【生命果實】栽培到一半，栽培者離開超過一定時間，果實便會腐壞。

那傢伙不會希望前功盡棄。

換句話說，它該做的只有一件事。

「厭厭厭厭厭，我討厭你，你惹我生氣了。」

龐然身軀從化為游泳池的深坑衝出。

它選擇的答案是排除威脅。

……跟上次玩玩的心態不同，它要來殺我。我以肌膚感受到貨真價實的殺意，水淹的攻勢似乎讓對方相當惱火。

看來，我這套假設與實情相符。

終於有勝算了。

我要扒下它那大而無當的鎧甲，瞻仰對方的真面目。

Episode20

第二十話
暗殺者扒除硬甲

The world's best assassin, to reincarnate in a different world aristocrat

注有水魔力的琺爾石發揮作用，使得下陷的城鎮變成湖泊以後，地中龍擋不住水淹就竄了上來。

「厭厭厭厭厭，我討厭水～～～～～～～～我討厭把水造出來的你～～～～～～～～」

如山一般的巨軀逼近，令人感受到的唯有恐怖。

可是，我不會移開目光。

暗殺者不會錯失任何細微的情報。為了活下去，為了殺掉目標，我明白一切都要靠情報。

我有圖哈德之眼，其超凡視力一直精確地觀察著它的巨軀。

（果然沒錯。）

用【砲門齊射】猛轟的時候，這傢伙再生了。

不過，它並沒有回復原狀。

棕褐色的外殼轟爛以後，有肉從內側隆起堵住傷口。而且，外殼依舊是裂開的。

而在當下，仍然有粉紅色的肉隆起堵著傷口。

過了這麼久的時間，它卻沒有變回萬全狀態。

這使我更加疑心那副龐然身軀並非魔族。

「身體開了洞，被水淹想必深感其痛吧。」

「厭厭厭厭厭！」

正因為狀態並非萬全，這波水淹攻勢讓它心浮氣躁。

原本只要收回嘴巴冒出來的觸手，蜷縮成一團，棕褐色外殼就會將水排開，被水淹根本苦不到它才對。

然而，這傢伙因為之前的【砲門齊射】而喪失了大半外殼。

在這種狀態下，要是被大量的水淋到，就會滲入內側，讓黏液流失，造成它的痛苦。

我倒沒有刻意為之，但是【砲門齊射】並未白費。

氣瘋的地中龍已經近在呎尺。

蘊含殺意的八顆眼睛只瞪著我。

正因如此，才方便行事。

……第一次相遇時，這傢伙仍有餘裕，還跟我玩鬧。因為那是在玩鬧，要料想它的下一招極為困難。

當它氣瘋而想殺我時，事情就好辦得多。憤怒讓視野狹隘，殺意則會讓選項減少。

地中龍一邊突進，一邊讓無數觸手化為尖槍，堵住我的退路。

用一般的閃躲方式絕對避不開。

「陪你玩玩。」

我解放琺爾石。

這一顆灌注的魔力是風與水，比例7：3。

喚來的並非先前那種濁流，而是暴風雨。

大雨和狂風。

就算巨軀正以難以置信的速度衝上來，那傢伙只是用跳的，身體仍違抗了重力。

再加上這陣狂風，對方的速度顯而易見地被抵銷了。

不僅如此，水更滲入它的內側，洗去觸手的黏液，讓動作遲緩。

「好濕，好濕，好濕啊啊啊，要流光了，不要啊啊啊啊啊。」

至於我這邊，則是優遊在風中。

靠著身法操控空氣阻力，就可以辦到這種把戲。

由於這是我自己喚來的暴風雨，風向變化盡在我的意料之內。利用這一點，我躲過它的巨軀與無數尖槍並加速。接著我順勢鑽到對方底下。

暴風雨停了。

我抓準時機動用第四顆琺爾石。

「飛吧！」

最後這顆琺爾石的魔力是火與風，比例3：7。

爆破力特化。

指向性的爆破掀起，將地中龍的巨軀往上轟。

平時我會摻入土魔力，使其兼具質量兵器的作用，但這次就刻意剔除了。單純想將敵人轟飛的話，這樣更有效。

當然，在半空中用這玩意兒，連我都會被爆壓推向地面。

我完全解除環繞於身的風之鎧，藉逆向噴射盡力減緩速度，但效果只能求個安心，撞上堅硬的地面應會當場死亡吧。

早知道狀況將是如此。

所以，我已經備好對策了。

我戴上面罩保護眼、耳與嘴巴，在半空調整態勢，並且用魔力裹覆身體。落入水坑後，巨大的水花濺起。

沒錯，淹沒城鎮固然是要騷擾敵人，但也有替我減緩衝擊的作用。

即使如此，落水的衝擊仍然驚人，我已經動用魔力防禦，還穿著以魔物皮膜製作的強效耐衝擊暗殺服，造成的撞傷依舊慘重，斷了幾根骨頭。

爆壓更將我的身體直接推進水底，不過並沒有讓我受到致命傷。

我從水底一蹬，讓自己往上浮。

「……勉強保住了性命。」

我仰望浮在水面上的天空，卸下面罩。

皮膚感到刺痛。那是它的黏液溶在水裡所致。即使用相當於巨大湖泊的水量稀釋，似乎還是對人體有害。

被我炸上高空的地中龍身邊，飛來了十五顆發光的琺爾石。

透過塔兒朵的風，那些琺爾石描繪出不可思議的軌道，準備就位把爆破的衝擊全部集中於中心點。

臨界點將至。

所有琺爾石在抵達目標處的同時，劇然引爆。

「蒂雅果然厲害，完美的配置與時機。」

我再次用魔力防禦，並潛入水中。

用上十五顆琺爾石的超高火力爆破。

即使躲在這麼深的坑依然危險。

何況爆破用的琺爾石注有土魔力，具備將無數鐵片爆散飛射的凶猛效用。

巨響與衝擊直達水底，水面一舉蒸發，冷水成了熱水。鐵片如雨灑落，好幾道水柱隨之噴湧。

……不愧是三百人份的魔力×15倍的爆破，夠猛。

「噗哈！」

我從水面探出臉。

為了看清地中龍的下場，我凝目望去。

那陣超高火力的爆破似乎將巨軀炸得不留痕跡。

倘若真如我所料，那副龐大外殼並非魔族，那傢伙的巨軀便無法再生，會復活露出真面目的就只有身為魔族的本尊。

……損傷嚴重到這種地步，單純的超再生能力沒道理讓外殼復原。

唯有魔族那種還原式的再生能力才可以從這種局面復活。

來吧，結果如何？

假如它的巨軀再生了，要殺它就不可能。

我們只能逃。

我把魔力灌注於圖哈德之眼，避免看漏任何一項動靜，還併用探索型的風魔法。

空中有了變化。

宛如劣質特效的倒放影片，七零八落的烤焦肉片浮現於半空，並且聚集到中心點，焦痕消失後，那些肉片逐步組成人的形狀。

於是，毫無傷痕且散發白色光澤，還有著光滑表皮的人型生物出現了。

古怪的樣貌。簡直像一具人偶，沒有任何凹凸起伏或孔穴。

「不見了？不見啦～～～～～～～鎧甲，我的鎧甲，唔哇哇啊啊啊啊啊啊啊啊啊啊啊啊！」

嘶喊聲。那與其說是憤怒，更像哭聲。

它曾讓我覺得像個少年，看來印象沒有錯。

精神方面太不成熟。從白色外皮伸出鞭狀物體，吸附住岩壁，直接往地表而去。

或許它有意開溜。

……這麼一來，那傢伙已經沒有護身的鎧甲。

趁現在就能幹掉它。

從對方身上感受到的魔力及瘴氣遠比日前的獅子魔族小。

「專注於暗殺吧。」

不放過任何一瞬的破綻，出手只為收割生命。

同時也不忘另做準備，若有危機逼近塔兒朵和蒂雅，我隨時能支援。

受無敵鎧甲保護又只顧自己躲在安全處的惡魔，首度站到跟我們對等的擂台。

我要讓那傢伙知道屠殺作樂的時刻結束了，這是我與它之間的廝殺。

Episode21

第二十一話　暗殺者收拾

The world's best assassin, to reincarnate in a different world aristocrat

我扒掉地中龍外皮，把它的本尊拖了出來。

……聖域所藏的文獻，當中記載的魔族情報可看出一種傾向，歷任勇者越是苦戰，內容也就越詳盡。

以這一點而言，文獻對地中龍的巨大外皮本身就有相當詳細的描述，對於魔族本尊卻只提到是在體內將其打倒。

這屬於推測，本尊恐怕沒多大本事。

所以，就用我們的基本戰術來對付。

塔兒朵先絆住敵人，在蒂雅的【誅討魔族】命中以後，再由我取它性命。

若要出其不意，待在死角才好下手，它挖的這個坑可以說再合適不過。

「【冰結】。」

將水面凝固作為立足點。

這樣就足以進行精密射擊。而且，我從這裡也能瞄準它。

只要有【磁軌槍】的超高火力，想將這種厚度的土牆連同目標一起貫穿，只是小事一件。

我從【鶴皮之囊】取出磁軌槍，然後施展風之探索魔法，藉此連結了風與視覺。

正因為用的是新型探測魔法，我從地底深處也能一邊讓【磁軌槍】到達臨界，一邊進行瞄準。

我的任務是用狙擊收拾掉那傢伙，還有，萬一塔兒朵和蒂雅應付不來，我就要立刻出面支援。

◇

～蒂雅、塔兒朵觀點～

蒂雅與塔兒朵從壕溝探出臉。

她們預先挖了壕溝，計算好讓爆壓與飛散的鐵片從頭上通過，並且在琺爾石擲出後就躲進壕溝，還設了強大的結界替溝頂加蓋。

不然她們應該都已經死了。盧各就是因為蒂雅辦得到這些，才會把事情交給她。

「欸，我們解決掉敵人了嗎？」

「是的，蒂雅小姐！那個又大又噁心的東西炸飛以後，我看見只剩一個小小的光滑白色人影再生。」

「那麼，表示盧各都料中嘍。」

盧各擅用的風之探索魔法，塔兒朵也會用。

正因如此，她們倆窩在壕溝裡還是能認清戰況。

不過，塔兒朵的魔法技術和運算能力都遜於盧各好幾級，因此她施展的時候會將其簡化，將效果範圍縮小，收集的情報項目也會減少。

「……按照盧各的作戰計畫，攔住敵人。」

「是！」

「然後別忘了，他交代過有任何一點危險就要逃喔。」

「不要緊。現在的我，在任何時候都能保持冷靜。」

塔兒朵緊握魔槍，蒂雅則拔出手槍，兩人一起從壕溝躍身而出。

塔兒朵將藥劑注射到頸子。

雖然藥效短暫，但是那可以解除腦區限制，強化體能與魔力釋出量，而且那種藥也能提升集中力。

是盧各交代她在短期決戰一開場就用藥。

對手是能力尚未明朗的魔族，藏招是自殺行為。此外，盧各也指示過如果短期內無法取勝，她們就要丟下他立刻逃走。

塔兒朵握著魔槍的手使勁，蒂雅從大腿上的槍套拔出手槍，在槍身加裝零件。

仔細一看，蒂雅的槍換成了新款。

槍身大了一圈，槍身加裝零件後即可上刺刀，刀刃更刻有魔法符文。

「嗯，感覺不錯。這樣的話，我就比平時更能發揮。」

這麼做的用意在於加強近身作戰的能力，不過更重要的是為了讓這把槍變成魔法師的法杖。

法杖的功效是讓魔法具備指向性與輔助魔力收斂。沒有法杖還是使得出魔法，不過精度、威力都會下滑。

然而，手裡持杖就無法使用在近身作戰至為關鍵的手槍。正因如此，盧各想到的是讓蒂雅用兼具兩者，亦即法杖與手槍特質的武器。

以手槍來講不只多了份重量，重心在前也變得比較難使，效用卻足以彌補而有餘。

「蒂雅小姐，我先攻。」

原本藏在地中龍內部的無臉魔族準備要逃。

它放棄栽培【生命果實】，決定以存活為優先了。

不能讓對方就此開溜。

……沒人能保證這名魔族不會再造出地中龍的外皮。若是被它得逞，或許又有一座城鎮要滅亡。

正因如此，塔兒朵才要先攻。

塔兒朵長出狐耳和毛茸茸的狐狸尾巴。那是當成王牌的技能【獸化】。她眼裡蘊藏著肉食野獸般的攻擊性色彩。

塔兒朵一邊疾奔，一邊完成唱誦能讓風鎧纏身，還可用於防禦及加速雙方面的【風盾外裝】。

「作業的成效出現了。」

以前塔兒朵無法在【獸化】時克制本能，唱誦魔法就變成了她的弱項，但藉著平日訓練，還有盧各派「作業」給她的成果，塔兒朵連困難的魔法都能像這樣唱誦成功。

「危險危險危險，殺。」

無臉魔族明明沒有眼睛、耳朵和鼻子，卻把頭轉向塔兒朵，並且伸出右手。

末端硬化的利指迅如子彈般伸出。塔兒朵靠著【獸化】狀態特有的獸類第六感與超反射神經做出反應，一邊以釋出風壓的方式強行迴避，一邊仍加速拉近敵我距離。

被躲開的指頭扎進大地以後，各指尖觸及的土壤就化成了巨大的魔像，朝著塔兒朵撲來。

這恐怕就是敵方造出那條地中龍的能力之一。

假如塔兒朵本身被指尖貫穿，或許就成了它的傀儡。

「太慢了！」

塔兒朵無視追來的那些魔像，進一步加速。

她釋放剩餘風盾化作推進力，藉此進入電掣風馳之境，將那些魔像遠遠拋在腦後。

「好快好快好快。」

無臉魔族準備伸出相反側的左手。

在這個距離、這種速度下，連【獸化】的塔兒朵也不可能躲開跟剛才相同的攻擊。

無論有何等過人的反射神經與敏捷性，物理上都不可能達成。

因此，塔兒朵選擇不閃避。

「得手了！」

塔兒朵直到最後都毫未放緩速度。結果，她趕在無臉魔族舉起左臂以前，就用長槍捅中了對手……假如塔兒朵有任何一絲躊躇，應該就趕不上了。

無臉魔族被長槍釘在大地上。

為了將敵人釘住，塔兒朵是往斜下方出槍，並且在槍尖貫穿後就放手直衝而過。

塔兒朵的攻擊並未就此結束。

她轉身唱誦蒂雅與盧各研發的雷擊魔法。

取名為【豪雷】的魔法。

效果正如其名，可以喚來雷雲降雷。

利用雷雲而非直接製造電能，就可以靠低消耗魔力施展強大雷擊。

只是這一招需要花時間才能降雷，還有雷電先天上精準度較低的問題存在。

不過，先釘住敵人封鎖其行動，再加上長槍當聚雷針就另當別論了。

拖到現在，那些魔像才總算追上來，想阻擾塔兒朵唱誦。

來礙事的五具魔像身上各自被鑿出彈孔。

從魔像的龐大身軀來想，子彈根本絆不住它們。明明如此，子彈封藏的魔力膨發以後，魔像全身上下的關節先是潰散，而後凝固，變得絲毫無法動彈。

因為子彈裡封有土魔法。

「忘記有我在可就傷腦筋嘍。」

蒂雅短短說完後，又開始唱誦新的魔法。

塔兒朵用眼神向她表示了謝意，唱誦終於完成。

「【豪雷】。」

雷雲出現，綻放出電光。

隨後，天雷劈至。

彷彿受長槍吸引的閃電從天而降。

超高電壓及電流襲向無臉魔族。閃電落在捅入體內的長槍，使它從內側受到燒灼。

它的行動確實被制住了。

蒂雅的魔法便在這個時間點完成。

此時要施展的魔法只有一種。

「【誅討魔族】。」

世上唯一殺得了魔族的超魔法。由於難度過高，除了盧各與蒂雅之外沒有任何人能動用的那招，被蒂雅輕易地唱誦出來。

刺刀前端發揮了法杖的功用，壓縮如彈丸的紅色魔力彈從中射出。

當那命中無臉魔族以後，領域當場展開，混有紅色寶石的心臟便從無臉魔族下腹部發出光芒。

那正是魔族的核心。

除非將其擊潰，否則它們就會無止盡地再生……不，一直復原。

反過來講，只要毀掉核心，就連不死的魔族都會斃命。

「我的心臟，好美。」

因雷擊而碳化的魔族皮膚正逐漸再生，嘴裡還發出陶醉的嗓音。它的內心仍保有餘裕。

若沒有用【誅討魔族】讓心臟化為實體，就只有勇者能將其搗毀，就算化為實體，其硬度也凌駕於世上的所有金屬。

尋常火力無法擊碎，【誅討魔族】的效果又僅有短短數秒。

它就是知道這一點才顯得有餘裕。

然而，魔族並不知道……非比尋常的攻擊正在逼近。

下個瞬間，有達到十倍音速的超高速彈丸從地底竄出，紅之心臟被彈丸貫穿，肉體間隔片刻也遭到餘波撕碎，灰飛煙滅。

敵人再也不會再生了。

它應該連自己死亡的瞬間都沒能知覺到。

【磁軌槍】不合常理的速度與破壞力輕描淡寫地劃下了結局。

又一尊魔族殞命。

「真不愧是盧各少爺，狙擊技術出神入化。」

「即使說將視覺與風聯結，感覺也應該跟肉眼所見有差異，真厲害耶。盧各，你簡直是怪物嘛。」

塔兒朵解除【獸化】，狐耳與狐狸尾巴跟著消失，蒂雅則卸下刺刀，把手槍收回槍套之中。

隨後，塔兒朵與蒂雅便互相擊掌。

「幸好我們贏了……蒂雅小姐，它算是到目前為止最弱的魔族吧。」

「我想，它恐怕把力量都用在又大又噁心的毛蟲外皮上面了。一般來想那根本無敵嘛，我可不認為自己殺得掉那麼大的敵人，還有會逃進地底也很卑鄙。」

「就是啊。盧各少爺能想出殺掉它的對策，實在太厲害了。」

塔兒朵自豪似的誇獎盧各。

「不只盧各喔。塔兒朵，妳也變強到讓人嚇一跳的地步，才會覺得這次輕鬆。或許妳跟魔族已經可以戰成平手了。」

「……肯定是因為我在少爺身旁的關係。只要在他身旁，我覺得自己想變多強都可以。蒂雅小姐也一樣不停在變強啊。」

如瑪荷之前所說，塔兒朵變了。

前一陣子的她會表現得謙虛，這是好的改變。

「或許是喔。那麼，我們差不多該去接盧各嘍。」

「好的！好期待讓少爺誇獎喔。」

兩人露出微笑，並且一路跑向城鎮下陷造成的深坑。

跟打倒魔族相比，被心愛的人誇獎、摸頭、擁抱能讓她們獲得更大的喜悅。

Epilogue

終章　暗殺者應邀

The world's best assassin, to reincarnate in a different world aristocrat

我透過風窺探地表的情況。

磁軌槍已將無臉魔族的紅之心臟擊碎，毫無疑問。

就算這樣，我仍不會鬆懈。

除了風之探索魔法之外，我還並用土之探索魔法徹查四周。

「……看來沒有問題。」

不會錯，我們可以說已將那名魔族成功打倒。

我吐了氣，解除專注的心思。

保險起見，跟打倒獅子魔族後一樣，得先確認魔族塑像發出的光芒是否變紅。

萬萬不可放過這種能在瞬間將整座城拖入地底的魔族。

而且，還有個頭痛的問題。

（這股高漲的力量……看來是栽培完成了。）

從結凍凝固的水面下，我感受到一股驚人的力量。

那玩意兒正發出翡翠色光芒。

【磁軌槍】發射的前一刻，那玩意兒即將栽培完成，原本在四周一點一滴遭到吸收的靈魂就忽然被奪取殆盡了。

甚至連我都感覺自己有危險。如果沒有用魔力保護，靈魂應該就被奪走了。

……那玩意兒的真面目只有一種可能。

眾魔族用成千上萬人類靈魂栽培出來，用以復活魔王的觸媒，【生命果實】。

那名無臉魔族在地中龍鎧甲被破壞以後，曾打算放棄栽培這玩意兒逃跑。

然而，諷刺的是因為有塔兒朵與蒂雅絆住它，才會讓【生命果實】栽培完成。

「真的，幸好有情報網。缺少情報網輔助的話，我們連跟它交手的機會都沒有。」

假如沒有情報網與改良型的滑翔翼，【生命果實】會在我們趕到前栽培完成，地中龍也就銷聲匿跡了吧。

無論變得再怎麼強，若缺乏能迅速找出敵人的眼睛與耳朵，還有來得及趕上的腳程便沒有意義。

……視情況發展，我甚至可以想像自己一次也沒能追到這名魔族，而讓魔王復活的局面。

「該怎麼處置【生命果實】呢？」

我一邊這麼說一邊施展魔法。

首先，我將冰擊碎，再用風魔法把【生命果實】從水裡取出，讓它浮到半空中。

那是顆翡翠色的寶石，外觀近似礦物卻像生物一樣有脈搏。美感與詭異同在。

然而，相較於這樣的感想，它先讓我產生了某種印象。

（似乎很美味。）

唾液從我嘴邊溢出。

無論目睹什麼樣的大餐，無論肚子有多麼飢餓，都沒有讓我的食慾受過這等刺激。

體內的所有細胞正在吶喊想要吃它。

而我讓理性總動員，克制住這股衝動。

……別說吃下去，光是觸摸都相當危險。

然而，它具備某種吸引力，甚至足以讓我這種能支配情緒，懂得據理行動的暗殺者把持不住。

手掙脫理性，自己伸了出去。

我抽出短刀捅在大腿上。

鮮血噴濺，劇痛產生，心思得以稍微轉移。

但是，撐不了太久。

我以飄在半空的【生命果實】為目標，施展出土魔法。

從周圍用鋁合金將它裹住。

摻了銀的鋁合金用於截斷魔力具有奇效，因此在搬運魔道具時，我都會這麼處置。

裹上厚厚的外膜以後，食慾緩歇，讓我輕鬆下來。

我在這種狀態下把它收進【鶴皮之囊】。

花這麼多工夫，【生命果實】的誘惑才總算消失。

「好險好險。走錯一步的話，現在【生命果實】已經進了我的胃。」

讓魔王復活需要用這顆以成千上萬靈魂栽培的玩意兒，吃進肚子裡的話，我恐怕會被撐爆，不然應該也會淪為怪物。

不過，我有個疑問。

其實人類的本能還算優秀。

若無視倫理道德，順從本能的行為十之八九都是正確的。

看了會想吃的東西大多能吃。身體需求的東西，正是本能會想攝取的東西。

既然我的本能想要，吃了【生命果實】也可能有助於我。

不過，我無法去賭那樣的可能性。

畢竟賭輸了就是死，或者淪為怪物。

這不是鬧著玩的，風險實在太大。

此外，要用其他人做實驗也有困難。

或許在賦予【生命果實】的瞬間，就會讓對方成為超脫常軌的怪物。

基本上，這東西的用途多得是。調查以後應該可以深入了解魔族以及魔王的生態，還可以拿來當成跟蛇魔族米娜談判的材料。

或許把它毀了也是個辦法。

無論如何，當下並不應該立刻決斷，正確的做法是帶回去……亦即予以保留。

「先回到上面吧。」

風告訴我塔兒朵和蒂雅正朝著坑口趕來。

與她們分享勝利的喜悅大可視為第一優先。

反正，我已經先將【生命果實】封印在【鶴皮之囊】了。

◇

回到地上，塔兒朵和蒂雅就撲進了我的懷裡。

蒂雅暫且不提，對這種事會害羞的塔兒朵之所以毫不猶豫，應該是【獸化】帶來的副作用。

看她們倆似乎都毫髮無傷，我感到安心。

「辛苦了，盧各少爺。」

「這次的作戰計畫，真的步步準確耶。」

「是啊，全體成員都有貢獻。這是團隊的勝利。」

有任何一人失手就完了，團隊在這種狀況下發揮了完美的功用。

我們無疑是最棒的一支隊伍。

以擁抱慶祝彼此都平安無事以後，我鬆了手。

於是，蒂雅對我瞇起眼睛。

「……盧各，我覺得怪怪的。你身上纏著不尋常的魔力。」

「說到這個嘛，【生命果實】似乎栽培完成了。在回收那玩意兒之際，我受了一些影響。」

我沒有吃。

可是，光待在【生命果實】附近，就被它釋出的波動影響了。

雖然說裝進【鶴皮之囊】以後，力量就完全沒有外洩，我仍擔心【鶴皮之囊】內部有沒有變化。

即使明白當中的風險，我也不能擱下【生命果實】就離去，話雖如此，又不能徒手搬運它。

「盧各，你這樣不要緊嗎？」

「這點程度的影響，放一陣子就會消散了……話雖這麼說，可不能讓妳們倆出事。短期內最好先跟我保持距離。塔兒朵，讓蒂雅搭妳的滑翔翼，妳們倆先回去。」

我是這麼說，她們倆卻不離開。

「既然你有可能出狀況，就需要有人留在身邊設法因應吧？我不可能離開啊。」

「我也會陪伴在身邊。更何況，既然少爺說沒有問題，那就不會有事。」

「……謝了。」

同生共死。雖然稱不上合理，我卻覺得跟她們倆這樣也不錯。

「塔兒朵、蒂雅，妳們離遠點。」

而我挺身保護背後的兩人。

時時待命的探索魔法有了反應。我轉向有反應的方位，把手伸到胸口藏的槍。

「一直保持旁觀的你，事到如今才現身啊……諾伊修。」

身為我的朋友，還不惜借助蛇魔族米娜之手放棄人類身分而獲得力量的男人就在那裡。

跟之前見面時相比，他得到了進一步強化。

那只代表事態已經更加無可挽救。

「我也想參戰，但這是米娜大人的命令。」

米娜「大人」是嗎？

以前諾伊修對待米娜，始終是處於對等的立場。

如今，他對她的稱謂變成了大人。

連心靈都受了支配……不過，為人類而戰的想法姑且還保留著。正因如此，他才說得出想參戰對付魔族這種話。

「是嗎？趕快進入正題。你現在才出現，應該是有話要跟我們說吧？」

「我希望你們跟我來，米娜大人正在等候。」

話說完，諾伊修伸手一指，從地面冒出了大蛇。

諾伊修搭到牠頭上，並且向我們招手。大得離譜的蛇首不只能載諾伊修，連我們都能搭上去。

「如果我說不要呢？」

「那我就非得與你一戰了。」

諾伊修拔出魔劍。

……雖然說諾伊修變得比之前更強了，我依然能贏他。

然而要戰勝經過強化的他，我已經不可能手下留情，交手的話應會置他於死地。

我把諾伊修當朋友，希望能避免那樣的結果。

何況，我正好想找米娜談談。

「我懂了，走吧。搭蛇移動可是第一次……塔兒朵、蒂雅，別離開我身邊喔。」

「不用你說，我也不會離開啦。誰教我怕蛇。」

「……有點恐怖呢，盧各少爺。」

她們倆揪著我的衣襬，我們三個一起搭到蛇的頭上。

我本來以為蛇鱗會很滑溜，沒想到卻有踏實的立足點，還長了幾根方便握著的角，我將其握住。

所有人搭上去以後，諾伊修說了些什麼。

那並非人類的語言。

大蛇起反應後，就以馬車無法比擬的速度啟程離去。

……目的地恐怕是米娜身為魔族的據點。

總不可能讓我們搭這條大蛇到她披上人皮居住的城市。

（米娜肯定知道地中龍，不，知道無臉魔族的動向。）

可是，她卻故意不給我任何情報。

我得好好問一問其中理由。

視情況發展，跟米娜之間的合作關係應會走向破局。

……而且要是走到那一步，想活著從她的巢穴逃脫就累了。趁現在先做準備吧。

設想最糟的局面，這就是暗殺者的持身之術。

後記

非常感謝您閱讀《世界頂尖的暗殺者轉生為異世界貴族》第五集。

我是作者「月夜　涙」。

謝謝大家讀完第五集。

應該也有讀者對女神的內情感到訝異！

魔王復活，以及勇者犯下的過錯，無法迴避的命運正逐漸靠近。敬請各位繼續期待下一集！

宣傳

漫畫第二集將於7月發售，還請各位支持皇ハマオ老師繪製的漫畫版！

同樣在角川sneaker文庫出版的《回復術士的重啟人生》（很色的復仇故事）改編動畫的作業進展順利，據說再過不久就會發表播放期程。

上檔的日子不遠了喔！還請各位捧場。

謝詞

れい亜老師，感謝您在第五集也提供了精美插畫。
責編宮川大人，非常感謝您總是迅速而有誠意地給予回應。
角川sneaker文庫編輯部以及各位相關人士，負責設計的阿閉高尚大人，還有讀到這裡的各位讀者，萬分感謝你們！謝謝大家。

世界頂尖的暗殺者
轉生為異世界
貴族5
SEKAI SAIKO NO
ANNSATSUSYA
ISEKAI KIZOKU
TENNSEI SURU
恭喜
第5集發售!!
我想找個
可以一直畫
女神得意表情的
工作……
(還有，我喜歡妮曼大人……)

下集預告
Next
「盧各大人實在本領高強，
歡迎來到我的屋邸。」
盧各一行人受到蛇魔族米娜邀請。
妖豔之蛇究竟是不是真心要合作呢——！
世界頂尖的暗殺者轉生為異世界貴族
The world's best assassin,
to reincarnate in a different world aristocrat
⑥
敬請期待!!

最強廢渣皇子暗中活躍於帝位之爭

佯裝無能的SS級皇子背地支配王位繼承戰 1~3 待續

Kadokawa Fantastic Novels

作者：タンバ　插畫：夕薙

由最強皇子暗中盡展長才的奇幻作品，下定決心的第三幕！

艾諾特接獲皇令要替皇族最強將軍，亦即第一皇女莉婕撮合親事。另一方面，李奧納多則接到了將流民村落擄人案查個水落石出的命令。然而在調查途中，卻發生了足以撼動帝國的異常事態！為了幫助弟弟，保護帝國，廢渣皇子將在戰場暗中大展身手！

各 **NT$200~220/HK$67~73**

國家圖書館出版品預行編目資料

世界頂尖的暗殺者轉生為異世界貴族 / 月夜淚作 ；
鄭人彥譯. -- 初版. -- 臺北市 : 臺灣角川股份有限公
司, 2021.01-
冊 ； 公分

譯自 : 世界最高の暗殺者、異世界貴族に転生する
ISBN 978-986-524-201-5(第3冊 : 平裝). --
ISBN 978-986-524-358-6(第4冊 : 平裝). --
ISBN 978-986-524-714-0(第5冊 : 平裝)

861.57 109018348

Kadokawa
Fantastic
Novels

世界頂尖的暗殺者轉生為異世界貴族 5

（原著名：世界最高の暗殺者、異世界貴族に転生する 5）

2021年8月25日　初版第1刷發行
2023年6月19日　初版第3刷發行

作　者：月夜涙
插　畫：れい亜
譯　者：鄭人彥

發行人：岩崎剛人
總編輯：蔡佩芬
編　輯：孫千棻
美術設計：吳佳昫
印　務：李明修（主任）、張加恩（主任）、張凱棋

發行所：台灣角川股份有限公司
地　址：104台北市中山區松江路223號3樓
電　話：（02）2515-3000
傳　真：（02）2515-0033
網　址：www.kadokawa.com.tw
劃撥帳戶：台灣角川股份有限公司
劃撥帳號：19487412
法律顧問：有澤法律事務所
製　版：尚騰印刷事業有限公司
ISBN：978-986-524-714-0